見知らぬわたし

老いて出会う、いのち

森崎和江

東方出版

見知らぬわたし　老いて出会う、いのち

目次

装丁　上野かおる

見知らぬわたし

老いて出会う、いのち

いのちの声

心の中を詩の切れっぱしが舞います。今朝も、しきりに。

風かとおもった
わたしですね
みしらぬわたしなのですね
しってるつもりのわたしの歳月

ブナ山の峰のしぐれと降りこぼし
みえないわたしと同行二人
飛翔するよ　もみじ
さて　山ですか
海ですか
それとも迷路　人の世の
……

幸子さん、あなたにもこの詩片と似通うリズムが流れていたよ、そうでしょ。昨年よりも、もっと軽やかなあなたになっていた。一年ぶりの、先日の旅で。
阿蘇の原生林の新緑は見事でしたね。深い谷底を眺めながら、心が満ちました。二十数人の幼な友達の誰もが、ほんとうにいい表情をしていた。北東北のあの人もこの人も、東北の彼女も日本海のそばの彼女も、東京、京都、四国、九州のあの人この人……、嬉しくてね。一年毎にみんな軽やかになるのね。明かるくなる。何かを捨てていくのね。そして何かが芽生えていたの、あれは何でしょうね。

吹いているけはい
風かとおもった
ふりかえってもみえないけれど
わたしですね
みしらぬわたしなのですね

わたしは泣きべそだ、みんなの表情が嬉しくて、夜、ふとんの中で涙が流れた。

ふしぎですね、幸子さん。わたしたちのような故郷喪失者も、それなりに大人になれたのでしょうか。それにしても、ほんとうに長いこと生きてきた。敗戦以来、この母国に散って。何度も生まれ変わった気がする。何度も死んだ気がするの。あなたを葬った記憶もあるのですもの。あなたの青春の歳月を。あなただって、何度もわたしを葬ってくださった。大阪は堺のアネゴなどは、弔い踊りに明け暮れた感じですよね。

それにしても彼女の絵筆も、なんと冴えてきたことでしょう。全国のそこここに散った、幼い日のクラスメートたち。よくこそ、生きていてくれました。年に一回の、二泊三日の旅の逢う瀬。誰もが、なんと、いきいきと自由になってきたのだろう。集まりはじめて、やがて三十回になります。ふしぎですね、わたしたちにも、七十歳が訪れて来たなんて。

幸子さん、世界女性会議にも、そしてあれこれのボランティアにも、そしらぬ顔であなたが出ているのを知って噴き出したなあ、だってお互い、うらぶれ人生。いつも裏舞台。裏街道を吹く風に、心うばわれよろよろしている。

ああ、旅に出たい。旅で果てたい。

若い頃から、野垂れ死ぬのが夢だった。見果てぬ夢。

いつだったかしら、インドはネパールの近くに、鳥葬場があったの。岩と砂の風土に。心が解き放たれてはればれと歩いていたら同行者の中の一人のおじさんが、「食わるるぞ、そこでころんだら！」と大声で叫んでくれた。岩と思っていたの。ハゲタカがずらりと並んで、じっとこっち見てたの。へえ、ハゲタカって巨大な鳥なんだなあと感心した。以来、わがムクロは鳥さんに食べてほしいなと思うようになりました。が、鳥さんだって好みがあるでしょうね。

食べてほしい、食べさせたい、という思いは何でしょうね。いのちを、何かに。他の生きものに。微生物その他に……。

骨にして残し、石の墓に納めるなんて、まだ好きになれない。でもね、自分ひとりの世ではなし。形にはこだわりますまいと思えるようになりました。せめての思いで、石に、倶会一処と彫ったのは子らがそれぞれ旅立った時でした。

このところ、折々、見知らぬわたしと連れそっています。引き揚げ以来、幾度か見知らぬ自分と出会ったけど。でも、ふりかえってみると、いずれも浅薄な足跡となった。昨今の、この二十世紀末の文明と、ぴたりと溶け合って。

なんたること。この、人間界のひとりよがりの、わびしい繁栄。知性と理性を尊んできたという人間共の、生の集積がこのざまとは、と、言葉にするまでもなく、夜の庭に立ちすくんでしまうのに。

この思いと、きのうまでの自分とおさらばする身軽さは、どこかでつながっている気がするの。うまく語れないけど。

しかし、うまく語りたくない思い。

論理化し体系化してこそ存在するという価値観の方向性の、この歪みが気にかかる。人間の知性の働きの行方が。知性優先の今日の文明の、そのもろさが。

——おばあちゃんは年寄りだから知らないでしょ。今、地球は病気だよ。どうして大人は木を切ってしまうのかなあ。

わたしはね、孫のつぶやきが忘れられないの。もう五、六年前のことだけど。彼を幼稚園へ送って行っていた。

そのつぶやきに心がふるえた。散歩の途中でも同じことをつぶやいた。まわりの丘がど

んどん開かれて住宅地がひろがるのを眺めながら、ちいさい声だった。そして、

——あそこに、まだ何本か残ってるから、大丈夫だ。

そうひとりごとを言った。

もし、これを大人がつぶやいたら、資料を並べて議論ができる。しかし、幼児は、いのちの不安を洩らしただけ。ただ、それだけ。

わたしの背中あたりに、時折、ふっと風が吹くようになったのは、それ以来です。忘れていたはるか彼方の息が聞こえる。誰かがものごころつく頃の。人の世のことばにまだとらわれぬ頃の。あれはわたしの、あなたの、そしてわが家の幼なごの。からだとこころの未分化の、直観が放つ声。人の世の衣のはためきを感じながら放っている、その声。

今日まで生きてきて、二、三度はその声を聞きました。ずっと忘れていたけど。幼い日のわが心身に。そしてわたしの子らの幼児期に。さらに、孫の、うぶな声。いえ、ひょっとしたら、今日までずっとわたしは朝の空がしらむ頃、うっすらと目を覚まし、昼の活動期の闘いのことばがまだ眠っているからだの奥で、その声にほおずりしていた……。

こんなふうに、言語化することを怖れていたのかもしれません。

なぜでしょうね。

沢山の要素が浮かぶ。でもそんなものあとまわしにしよう。それより、わたしが聞いていながら忘れていた（いや、使うすべなくからだのどこかに閉ざしていた）声たちの、その色調が、時代とともにたいへんちがっているのを感じます。たかが、わたしと子と孫の二十世紀末までの数年の時代の中ですが。

それはいのちが放つ息が外気にふれる瞬間の、その光度がちがっているの。明かるさが。息の色が。変な表現ですけれど。いのちをとりまく外界との反応で。

いのちって、内発する熱量そのものではないのね。それは外気とのふれあいなのね。

個の聖域とダイアローグ

幸子さん、必要があって今朝、わたしの若い頃の詩集を引っぱり出したの。そのあとがきにこんなことを書いていた。

「私は詩とは、本来、他者とのダイアローグであると考えてきた。自分以外の、自然や人びととの」と。

そうか、むかしからそんなこと思ってたのかと思った。今は「詩とは」というところを「いのちとは」と感じているのね。もっと深入りしてしまった。でも、その思いがいつまで経ってもことばにならない。

幸子さん、あなた、オーストラリアでの集りはいかがでしたか。会った時に聞かせてくれませんか。

　あなたが若い頃から、くらしの中でのいのちについて、こつこつと働く女たちの運動をしていることを知っていた。世界女性会議へ出席したり、受賞したり、と今日ふうな面はすこしも話してくれないから新聞で知ってにっこりしたわけだけど。でも、お互い、たとえば生活協同組合を作ろうなどと、手探りをはじめた頃、わたしたちはまだ旧来の生命観に閉ざされていた。あなたは本州の大都市で。わたしは九州の炭坑閉山後の荒れた大地のはしっこで。

　その運動は政治的戦略の一端めいた出発でした。戦後社会も政治力がすべての分野にわたって優先していました。戦前同様に。反体制派の中でも。プライベートな性愛の場でもそうだった。わたしは仲間内での性暴力による殺人さえ多数決につぶされざるをえなかった。そのことに、同性のわたしはどんなに傷ついたか。ほんとうに心身ぼろぼろだった。連れ合いが去り、子らの育つ力に助けられた。生活協同組合を作ろうと、失業者や下請けの若者が、へたばって寝ているわたしの横で元気な声を出していた。寝てていいよといいながら。

彼らへ焼酎のつまみを求めて外へ出る。歩くのがやっとこさだった。時々、道のはしにしゃがんだ。時代は高度成長期へ入り、店頭のトマトもイチゴも、生産者の友人が「危い、食うな」と電話してくる。「土が死んでるんだ。火炎放射機で焼くけど駄目だ。なぜかわからん。とにかく危い、食うな」

そんな頃だった。子育てもそろそろ卒業に入りかけていたけど。でも、少年期はすごい食欲なの。わたしは呆然と八百屋の店頭につっ立っていた。学生時代に仕入れた栄養学も心理学も、役に立たない時代の開幕を感じながら。ただ、生き直そうと心につぶやくばかり。

その頃のあなたの心の内も、十分に推察しています。働く女たちの心と肉体について、ちいさな運動体をこしらえかけていたよね。お互い、それまでの自分を葬って。

詩とは、本来他者とのダイアローグだ、というわたしの信条は、人間は個としての自己へ収斂する働きを持っているのだ、という思いが大前提になっている。そして、その収斂の核は、知性や理性というよりも、魂とでも呼ぶべき心身の聖域だと。これは幼年期以来感じて大切にしてきた。たとえ、親子や夫婦間であれ、また国家や軍や政治や集団であれ、個の聖域は侵すべきではない。詩は、そのような心身が放つ感動の息吹きが、くらしを共にする者らの共有のことば界をくぐりながら、いのちを生かすもろもろの存在とふれあい奏でる律動だ。それをわたしという個がことば化して、時空へと散らす。一瞬のちには消えていくダイアローグ。そんな思いだった。

けれども、戦後社会は軍隊こそなくなったけど、そしてデモクラシーをとりいれたというけれど、個の聖域などどこにもない。詩の世界にもそうした一面が強く残った。俺へ捧げる、と副タイトルをつけねば発表させん、などと言われたよ。だからこそ、詩とは他者とのダイアローグだと強調する。それは怒りをこめた願望でした。他者の心身と根源的にひびきあってこそ、詩だ、と。

もともとアジアの諸民族には歌垣の伝統があります。引き揚げてから日本の諸方を歩いていた頃、対馬の、とある浜辺と、それから与論島と久米島で、歌垣の名残りの浜遊びや夜遊びのことを聞いたの。もとよりその形はすっかりくずれた風習となっていたけど。朝鮮にもそのなごりはありました。幼い頃のわたしを守りしてくれた少女に連れられて、あれは女たちだけの野遊びとなっていた。そんな体験しかないわたしだけど、海や空や風と交感しつついのちをつなぐ性を呼び交わす歌声は、どこかなつかしい思いでした。中国は雲南省には風俗として男女の歌垣はまだ生きていましたよ、婚姻の前提として。といっても若い世代は、「そんなの、もう関係ない」と笑っていたけど。

戦後社会を生きるわたしの、詩についての願いは歌垣の伝統からは、ずれている。個の聖域を生かし合う社会がほしいという思いが強い。そのことをぬきにはダイアローグなんぞ成立しないと思っている。

ところで昨今は「詩とは」というところが「いのちとは」になってしまっている。ものごころつく前の子どもから、ぼけた高齢者までふくめたことば以前の、生ま身の代弁者めく思いなの。どうしたのよ、と自分に問いたい。

でもね、このままでは、詩もほろびる。

ことばの根っこが気にかかる。

近代以前の生命観には、いのちは自分以外の自然や人びととの交感であるという感じ方は、いきいきと働いていた。それは自然の万物に神霊をみていましたから。沖縄の先島では二十数年前まで、祝女(のろ)と呼ばれる年老いた神女が誕生した子に祝福を与える二人だけの秘儀が生きていたの。祝女が新生児に、フーと息を吹きかける。そして自然神の中のひとつをその子の名として告げる儀式。「フーをして神さまの道がひらきます。神さまの道がひらかれてことばが生まれます」と祝女が語られるのを、本土帰りの方が通訳してくれました。自然と一粒のいのちとの間に契約を結ばせるように、神名を与えているのには心打たれました。

しかし、今わたしが生命観の生き直しをわが詩魂のありのままを求めるごとくに模索するのは、近代以前にかえりたいということではありません。そうではなくて、近現代のことばが踏み込んだ心身の内側や、大自然の素材化など、あらゆる創造や生産性によって知識化し物質化し消費しつつ廃棄物を吐きやまぬ二十世紀文明のただなかに生きつづけながら、生命活動の総体を、シンプルにとらえ直すことで、未来を拓きたい。

なぜ、そうしたいのか。

幸子さん、あなたはなぜ?

わたしが詩の復活を願うのは、なぜなのか。いのちについて素朴に、ありのままに、幼児の頃のように時流の力などに潰されずに。どこかにたくさんいてくれる同じ思いの人びとの呼吸を耳をすまして聞きながら、生命観の新生を願いつづけるのはなぜなのか。

　今日まで人間たちは生命活動の中の、ごく一面ばかりを尊重しながら生産性をあげてきたけど、その生命観の結果、生存条件は極度にきびしくなりました。優秀な個人の内発力は鍛えられて、優秀な文化を生みます。今後もその方法で強者は危機をのりこえるかもしれません。しかし弱い生命は弱者として消されつづける。

　同じように、地球の水も空気も光も、その本来性を失い、いのちたちを生かす機能を弱めます。これまで、近代現代の諸文化が不問に付してきた自然界の相互性。相互といっても、人格に限定されない。人格を、人格として生かしてくれるものらへの、愛。そして、それによって生きてきたわたしなる個を、ありのままに表現したい。わたしが親しんできたことばで。いのちの力の、百分の一にも満たぬことばで。

　幸子さん、わたしは生命界を愛したいのだと思います。生命活動の総体とは、弱肉強食という闘争の側面だけではないといいたい。

　なんの返礼もできないのに、光も水も緑の葉っぱも、なぜそんなにやさしくしてくれるの、と、つらいんだと思う、わが魂といたしましては。

人権なんてことばは、はんぱすぎるのね。今のところ、それしか人類共通語はないけれど。そんなところに生命観をひっかけていては、すべては、わが知的欲望の餌になっちゃう。

あなたの中の、見知らぬあなた

幸子さん、時折ふっと思い出すの。

引き揚げてきて思いがけなく連絡がついた頃のことを。

あなたが、ぽつんと言ったことばを。

お昼でした。わたしの家をたずねてきてくれた時だった。食事のあとでした。

「あたし、おしゃもじひとつ、作れない……」

低い、思いあまったような声だった。

「それなのに、生きているのだもの」

わたしはだまっていた。

「米も野菜も、服も、鍋も釜も、みんな誰かが考え、作ってくれたの。何も彼も。工場で生産されたにせよ、誰かが手がけてくれたのよ。みんな誰かが考え、そして、作ってくれた」

そのことばの向こうに、朝鮮でのくらしが走りました。そして、重ねて、敗戦後に未知の母国で、大人へと育ちながら、何ひとつ生活手段を持たぬままことばを頼りに生きていた、その時のわたしが思われた。

あなたがつづけたの。アルミ製の、粗末な玉じゃくしを手にとって。敗戦後の製品だった。

「父の郷里で、これ、かいじゃくしと言ってた」

「何ですって?」

「かいじゃくし」

「かねじゃくしでしょ。金物屋で売ってるもの。ほら、あの戦争下の女学校の割烹室で飴玉の作り方ならったでしょ、あの時も教室にあったわ。もっと丈夫なアルマイトの」

「あのね、にほんの田舎では貝がらで作ってあった。二枚貝に穴あけて。手頃な棒にくくりつけた手製のものがあった。かいじゃくしと聞いた」

「貝？　貝って。あの、海の？」

あの時、幸子さん、あなたは自分へ言い聞かせるようにつぶやいた。

「かいじゃくしの発想。あれも、誰かが考えたのよ。誰かが」

わたしは、貝杓子の発想はおろか、自分の足元も見えなくてね、日本て何だろうと思うばかり。あなたにそのことを話した気がするけれど。ことばにならなかったかもしれない。

思い出すのは、あなたの中の、見知らぬあなた。

幸子さんが自分でも見通せない大きな体験の中へと歩き出している、と感じた。

女学校でわたしは、鍋洗いとか、そんな片付けは上手だけど、じゃれ合ってふざけて遊ぶ女の子だったし、あなたもその仲間だと思ってたのね。はっとした。びっくりして、そして改めてあなたを見たの。悲しそうだった。決意が感じられた。

あれから、まもなくでしたよ。あなたが九州を出たと知らせてくれたのは。

貝杓子のことは、その後知りました。帆立貝のような二枚貝の一枚の片隅に、ちいさな穴をあけて棒切れに結びつけて汁をすくう道具です。貝を使わなくなっても、地方語として残って吸物用の玉じゃくしを貝杓子という、と知った。

しゃくしとか、しゃもじとか、米飯や、食物をすくう道具は、日本のくらしのそこここで、家事の実権を持つ姑の象徴となり、「しゃもじ権」と呼ばれるのだということも、その後知りました。一家の主婦が、嫁に家計をゆだねることを、「しゃもじを渡す」というのだと、これも家制度の風俗として知りました。

思いおこせば、あなたもわたしも、そのしゃもじ権にとらわれることなく生きようと、それなりに苦悩を楽しんだのね。

とおいむかしの話です。

今年の早春でした。池田満寿夫さんが急逝されて、ふいに、彼のことが思われました。もう二十年も以前のこと、池田さんが、わたしの短いエッセイに挿し絵を描いてくださった。ちいさな、ペン画ですが。いい絵だなあとわたしは思って、居間の壁にかけていますけど。

それはわたしのエッセイに沿ったもので、大人の女が、ぐったりと意識を失った女を両腕でかかえています。どちらも胸をはだけたまま。というより、ほとんど裸。

エッセイには、母国へ引き揚げてみて、思いもしなかった両性の疎遠さに驚いたことや、男と共に心をこめて生きたいのに、そう願えば願うほど、同性の女たちの現実がつらくて、常に女を抱きとめてしまう、と書いていたのね。ステキなカップルで生きぬかれた同氏には、疑問の残るものかもしれませんね。

その短文を書いた頃、わたしの体力は最低でした。生活協同組合を作ろうと話す若者の声が、もうろうと遠くなる。横になったまま、意識が遠くなる。心身不調の原因となった仲間うちの性暴力殺人事件について、自分が責められる。その処置のまずさは、一冊の書物にフィクションふうに書いて自問し、その先へと歩いているつもりでいながら、どうにもならない。

嘆くつもりはないのです。が、女が女を抱く姿のまま動けずにいたのでしょう。こころもからだも、そんなところに立ち止まってはいないのに。男が、はるかに好きなのに。いのち継承の相手として、いつもいつもその本質へ呼びかけているのに。

と言うよりも、現実の日々の中で、はっきり見えるのですものね、倒れている弱者の姿が、その女や子どもたちの声が男社会にとどかない。まず、自分が、そうなのだもの。女を抱くとは、わが身を受けとめることだよ、と思うほどだけど。それでも受けとめているわたしという個の、目に見えない聖域のけはいだけは、元気にしているけどな、と、意識はうすれながら思っていました。

なんとも、いやはや。

ほんとうに、よろよろと生きてきたものです。それでもこのところ、心身うまく調和している感あり、です。

どうしたんでしょうね。

先日、とある山ふところの村へ、蛍を見に行きました。教職にある方とか、元教員とか、婦人相談員とかが招いてくださったのです。その中のお一人が、わたしに「以前のあなたとは人が違うみたいに元気。あの時、あなたは立って話ができなかった」とおっしゃった。何かの集まりに参加した時のことのようでした。椅子に掛けて話したとのことですが記憶できてない。

そういえば、仕事の打ち合わせなどは、ソファに寝てさせてもらう日々でした。つらかった。でもね、寝て、ぼつぼつとわが道を求め、這うようにして食品を買いに戸外へ出ながら多くの方々と出会ってきたの。何よりも心療内科の開発者の池見酉次郎先生とご縁をいただいたことは、わたしを勇気づけ、女たちの一夜宿を営みつづけさせてくれました。さらには同性に同じこころざしを持つ友人知人を得たことでした。彼女たちの元気な足どりににっこりしているのは幸子さん、あなたも同じですよね。

そして、今、切実に思う。

人権の確立というのは、各個人の自己主張だけではきっと不十分なんだろうと、弱者のわたしは思います。わたしは同性より異性が好きです。でも、弱者より強者が好きではない。

なぜなら、強者の想像力は、いつも狭く、保守も進歩もわが権威を求め権力へとなびくから。その狭さに従うことを、敗戦後もながい間、社会は強要してきました。今も、そのまん中にある。

どうぞ、生きているうちに、たのしい男と遊べますように。

天のエロス

水に会いたくなったよ、幸子さん。

ブナ山を訪れた時、樹齢二百年のブナの木の、かさかさする幹にもたれて耳をつけていると樹液がめぐる音がした。あの水、ふかふかの落葉の重なりの下の、地下水や、ブナ山の谷川の音とも合唱している気がした。静かな山でした。また、あの生きている水に会いたい。

ふいに、水に会いたくなる。天の水に。天水とひびき合っている水に。時どき、ああ水に会いたい、と思う。そして一度に、たくさんのイメージが浮かぶの。山や川。トンボの群。子どもの笑い声。木立を吹く風。「オーダリ、チョーンチョン」と歌うようにトンボを追っていた男の子たち。子どものわたしはそれを見ながら、心はトンボになったり、追っている朝鮮人の男の子のひとりになったりしていた。水はね、そんな空間といのちの中を流れるの。

水は、光っている空から、樹木やトンボや子どもらのいのちに降りそそぎ地上を流れる。その川で、オモニが洗濯をしていたよ。

水に会いたい。いのちの水に。

わたしが初めて樹液の音を聞いたのは、あれは五歳か六歳か。小学校へ入る前でした。父と連れ立って、大きな大きなポプラの木に会った時に、木にしがみついて聞いた。びっくりしたよ。木が生きていたんだもの。ザー、と、川水のような音がした。つむっていた目をあけて、見上げると、雀が高い木の中で何百何千と群れていた。夕やけがひろがっていたよ。父が、にっこりとうなずいてくれた。

あれから何十年も経って、日本の北東北のブナ山に行った時、なぜかあの日がなつかしくて、大きなブナの木に抱きついた。耳をくっつけて、木が生きていると思った。思ったけれど、子ども心に聞いたあの大空のような音ではなかったの。

それはそうでしょうよ、幼年の感性など、もはや跡形もない世俗の人間になりはてているのですものね。

それでも、その後も、折にふれて水に会いたくなる。

会うというと、視覚の世界のようですけどね。そうではない。目にする水は、もう絶望的だから。

そして痛切に思います。今の幼年期の子どもたちの、感性の渇きを。心の飢えを。

植民地ですごしたわたしが、自分の幼年期のかけらの中の、天水のイメージなどを語ることは、ぬすっとたけだけしい話です。いつもそのことで苦しみつづけています。ですけれども、でも聞いてください。遠い昔の子どもの頃、朝鮮で子どもたちが生み出してしまう空間がありました。そこに共通して流れるはればれとした空気。まるで天の水があふれるような。民族をこえて。その話しことばのちがいなどはるかにこえて。

青空の下の、子どもだけの空間。それはふいに生まれた。わたしは日本人住宅地に住んでいました。そしてそこでは戸外でよその子と遊んだ記憶は残っていない。トンボを追っかけていた子らは、朝鮮人の男の子たちです。わたしの守りをしてくれていた少女が連れ

て行ってくれたどこかの集落の、草っ原。いつしかわたしも仲間に入っていた。追ってい
る子を心で追いながら。
そんな時、いつでも空が光っていた。いっしょになって笑っていたよ、わたしも。
トンボがたくさん飛んでいた。男の子たちはメスのトンボの脚を糸でくくって、長い糸
のはしを手にした棒にしばりつけて、群れ飛ぶトンボの中を駆けていた。オスのトンボを
そうやってつかまえていたの。オニヤンマ。
今思っても、あの空間にきらめいていた笑い声は、天のエロス。天空から降りそそぐ天
水だったよ。
あの体験が、大人になったわたしを絶望的な状態から、じわじわと回復へと向かう気力
をよみがえらしてくれるのだと思う。たとえわたし個人はくたばっていても、でも、天水
は地球をめぐるよ、と、何かがささやく。そうだよ、わたしも地球の上の一匹だよ、と
思ってしまう。
そしてね、生き直して、いつかはわたしもこの列島の草の根っ子に吸いとられたいと願
う。

幸子さん、曲りなりにもお互い、なんとか社会というものを知りました。だからこそ、身のまわりの一隅で、微力を尽くしながらくらす。女に生まれて、身にしみて感じてきた社会的な排除に対して、排除する側のもろもろにも、その非に気づいてもらうべく、生きる。

しかし、心が痛む。大人になったわたしたちは、日々のくらしの中で、すべての者が働きながら食べられるようにと望み、それらの活動を認め合いたいと願いつつ今日まで来たけれど、でも、経済的活動ばかりが肥大したな、と。両性の平等も自立や共生もその中にまきこまれる。子どもの成長や教育の目標も、今日の世界経済とその強者専有的生産性へと固定される。そして、それら生産性はますます非人格的な生産様式の中で効率をあげていく。

おかげで、ゆたかな都市生活がひろがった。わたしが住んでいるのは、百四十万都市の福岡市から電車で三十分はかからぬ住宅地です。同じく百万都市の北九州市との中間。二十年ほど前までは田畠もひろがっていた。が、今は新興団地がふえて、わたしのような転入者が過半を越えた。いわば地方の文化都市の一つ。生活は便利。自然を残したいと住民も努めている。

それでも子どもが、子どもどうしで気ままにわが空間を生み合う天水の場は、ない。道路も、家庭も、公園も、学校も、田畠も、川も、大人が大人の価値観と生産力でしっかりと様式化している。絵本も、テレビも、虫とり網も、川の水も。水道水も。海も。空も。それればかりではありません。他の都市同様に、幼女が大人の被害者となる。死へと追われるケースも生まれる。生みの父、あるいは母によって殺される現実がここへも迫ってくるのでしょうか。

今、小学生のわたしの孫は庭先に稲を数株植えてるの。どうしても植えると言って、とある情報誌をとおして小遣銭で籾をひとさじ求めた。が、これが一本しか発芽しなかった。やむなくわたしの知人に少々籾をいただいた。そして、大型バケツふうの容器に、スーパーから土を買ってきて、水を張り、出揃った苗を数株植えました。

その水に、先日、ちらちらと小さないのちが誕生した。彼の弟が奇声を発して喜んだの。何かと思ったら、ボーフラだった。

蚊の赤ちゃんが生まれたよ。四歳の男の子は嬉しくて、そっとすくってはガラス瓶へいれていた。

いのちにふれたい心。いのちとともに遊びたい心とからだ。

それは四歳だろうと十歳だろうと、はっきりとあります。孫の親世代が育つ頃は、まだ戸外に、虫たちはいろいろいた。ザリガニも川ガニもいた。幼稚園児だった息子は「ザリガニは脳がないから、とも喰いするんバイ！」と走って報告しに来ては、また、とんで出て行った。ザリガニ釣りは、ザリガニの肉を糸にくくりつけて、とも喰いさせるのだ、とのことでした。彼は犬を抱いて木に登り、木の股にいっしょに寄りかかっていて、ともに落っこちてわたしをびっくりさせたけど。いのちどうしが空の下でふれあう時、天水さながらエロスははぐくまれるのだと思います。

このような、幼少年たちと大自然との空間が文化の核心にこそ、ほしい。それもなしに「ゆたかな社会」があきれてしまう。思春期に入る十四歳が、どんなに深く傷ついているか。思うだに、からだがふるえる。もはや、場がない、のだから。

わたしは小学生の頃、かつての朝鮮でしばしば目にした「強姦で殺された女の子」という新聞記事に疑問を深めた。でも、それでも、なお、子どもどうしが生み出してしまういのちたちのさざめきと、そこに降りそそぐ青空の光は消えなかった。そのわたしを受けとめてくれる外界――自分の外なるもの――あの半島の自然界とその中での通りすがりのオモニ（母親）のまなざし。「アイゴ！」とわたしの頭をなでてくれたあの野辺の人びとへのあつい思い。それなしに、わがエロスは育たなかったと思います。

地球の涙

幸子さん、もう七年も前のことになるのですね、あなたが中国を訪問されて雲南省都・昆明市へも足をのばされたのは。そこでの交流のあと、石林観光のバスの中で案内の方が山間の道を指差しながら、あの山道はビルマへつづくと説明されたと、あなたから聞きました。

そのビルマルート。第二次大戦中に作られた血涙にじむ山岳地帯の公路（自動車道）については、あなたもわたしも、それなりに知っている。じっと、くらやみをみつめつづけているような心の姿勢で。あなたはビルマ戦線で憤死された兄さんをとおして。わたしはそのビルマ戦線を雲南省へと進撃して、大敗し、国境の山の白骨街道を生還された詩人、丸山豊をしのぶことで。お互い、戦後の激変した生活をしっかりとわが道に結ぶべく、いつしかその公路の歴史へも心はさすらった。当然の彷徨だったと思います。

あなた、石林の切り立った岩の、岩かげにいた子どもの話をしてくれた。七歳くらいの女の子と、四歳くらいにみえる男の子とが、手をつないで、汚れた顔、粗末というより破れかぶれの服で、蓮の大きな葉っぱを傘のように手にして、そしてひっそりと立っていた、と。ひっそり、ひっそりとよ、と。そびえ立つ石林の岩の根方に。

その子ら、じーっと幸子さんをみつめていた。ひっそりとしたまま。涙が出そうになった、とあなたが言った。

わたしだって涙が出そう。すでに故人となられた丸山豊の敗退の記である『月白の道』（創言社、新訂増補版、一九八七年）にも、その子らの視線と同じまなざしが、ずーっと文章の裏に感じられるの。丸山豊はわたしにとって引き揚げ以来の恩師です。同じ九州の、筑後の久留米市にお住いの内科医でいらっしゃった。あなたの兄さんより早く戦陣へ送られ、南方を転々とし、ビルマから中国の雲南省へと足をふみいれた。その時の一句。

月白の道は雲南省となる

そして、その瞬間からの、奈落。激しい戦火の中で遠くの山ひだのあちこちから、うすむらさきの細いけむりが立つ。丸山豊は記しています。

私には少しずつ解けてくる気がした。この草ぶかい山おくの、無名の民の精神で、彼らがなにをゆたかに許し、なにをはげしく否定しようとするのかが。……失神するほど長い時間の内容の、常なるもの、もっとも根源的なヒューマニズムのありかを、あのけむりは黙示しているのだ。

文明のなかへみじめにほろびるかに見えて、ついにはほろびない人間の、生きぬく意志の美しさ。自然に即した彼らの平安にくらべて、文明の国にうまれた私たちが、敵をあやめ、味方を見殺しにしながら手にいれようとするものはいったいなんだろう。

そのように、かつても、そして今も、人の子が生まれたままの姿で、ひっそりとこちらの正体をみつめているのが、わたしにも感じられる。いのちの素顔のまま、自然界のいのちたちの営みのかたわらで呼吸をしながら。

もう十五年も前になりますか、あなたが東南アジアへの民間の派遣事業に参加され出したのは。かつてのビルマはミャンマーと国名を変えました。多くの問題はどこの国にも絶えません。でも民間の思いは国家の意向をかいくぐりながら、あの国の子どもの視線へも深いうなずきを送り返そうと努めています。ようやくわたしにもかすかな安堵が生まれるような……。

ながい時間がかかりました、幸子さん。

ひょっとしたら、自分の素顔にめぐり会えそうな感じ……。そういえばこの春の、阿蘇への旅もそうでした。十代で別れて、引き揚げのことも生死さえも、皆目わからなかった旧友たちの、五十年後の表情。無心へ帰るというのか無欲の欲を体得したとでもいうのか、さながら心身のストリップのような、いい笑顔。あなたは大きな頭陀袋を首からぶらさげて大道芸への投げ銭の花ばなを、ヨッコラショと拾ってくれた。ほんとうに、なんと軽やかな境地へと、ひとりひとりくぐりぬけてきたことか。予想もしなかった自分へとわたしもまた、くぐりぬけてきたのでしょうか。

あなたが涙をこぼしそうになりながら心に受けとめた、幼い姉弟の視線。そそり立つ岩石の裾で、蓮の葉っぱを手に、ひっそりと立ってこちらをみつめていた異国の子。それは文明を異にする時空から送られてくるまなざしですけれど、でもね、幸子さん。お互い、はるかな遠い記憶のはしっこに、その視線は染みこんでいる。

それは、植民地で。あるいはビルマの河や山間で。そしてアジアの、そこここで。

あなたもわたしも昭和の子として無謀な攻撃的文明のただなかへと放たれた。勝てば官軍という価値観以外を閉ざされながら。でもひそかに笑ったよね、その価値観を。ほら、教員トイレの掃除をさせられながら。「おそれおおくも、もったいなくも、みなのもの頭を下げえ、てんのうのうんこさまだぞう」そんな遊び。植民地生まれの人間は現地人同様に信用でききんと、あからさまに言われもした。事実、わたしなどは新羅の古都・慶州で仲良くなった朝鮮人の女の子と、ひっそりと歌っていた。ハングルで彼女が教えてくれる唄を。海の唄。別れの唄だった。

さまざまな屈折があるけれどわたしたちの幼少年期のように、個人的な判断を持つことを犯罪とみなされる情況下で育っても、それでもいのちとはふしぎなものだと思います。下意識部分で、直観的に、個は生の総体と出会うのだ。個としての魂で。その本質と。どこからか、じーっとみつめている幼い、ひっそりとした視線。わたしは忘れられないの。ちいさな男の子の、そのまなざし。朝鮮の、夜や昼の、どこからか。野のけもののような。わたしはただ耐えるだけ。でも、洗われていたのだと思う。今日まで、ずーっと。その目に。

そしてね、幸子さん。なぜか旧友たちの晴れ晴れとした表情にも、それを感じてしまうのね。異質の文明の中の、アジアの共通性へと心を解き放った晴れやかさ。根源的なヒューマニズムへの、論理を超えた共鳴。それはことばの上のことではないの。

昨今の、はやりの国際化とか人権などと、それはたいそう違う。殺生の末の悲しみからの、微光なのだから。わが心身の。人間というものの素顔への。お粗末な生きざまに、へとへとになりながらですけれど、かすかにみえてきた気がして、嬉しい。

ほのぼのとしてくるの。

幸子さんの雲南省行きのように、あのビルマルートと、その空は、昭和の歳月の中のひとつの象徴でもありますから、できることならわたしもその山河に会いたい。今のわたしなら、もう大丈夫。そう思うようになった。そして、チラッと行ってきた。大陸つづきの半島で生をうけたわたしには、太古以来の人類の、幾重にも重なった交流の（それは征服や攻防や交易等々と重なろうとも）その大地に会いたい。その場で生きつづけた人を感じとりたい。

幸子さん、雲南省の大理（ターリー）白（ペー）族自治州の二千メートルほどの高地で、人びとが海と呼んでいる大湖・洱海（アルハイ）と、その水に沿ってはるばるとひろがっている水田に会いました。コメ文化発生の地だと、研究者の著書にある山間高地。重なる山なみに雲が湧き、静かな白族の村の白壁と黒い瓦屋根。どの村も山麓に、ゆるい石だたみの坂道をこしらえて点在していました。そのみしらぬ村の、なごやかな微笑に囲まれ……。なんと、なつかしかったことか。

青田の中に光る洱海の水が、さながら地球の涙にみえた。

いのちへの讃歌

湖畔へ、というより海辺へという感じがする洱海(アルハイ)の波打ち際へ出て、鵜飼い舟に乗せてもらいました。小舟をあやつる白族(ペー)の少女は十七歳。はにかみがちのういういしさで、上手に櫓を漕ぎ、父親は細面の陽やけした四十代の男。小舟のふちに三十羽ほどの鵜をとまらせていたの。手綱などのない鵜の目は野趣さながらの青さ。ぼうぼうとひろがる湖上へ出ると、鵜たちは水中をみつめ、思い思いに水に潜ります。

その鵜の群れを男は長い竿一本ですばやく繰りました。魚をくわえたとみるや、鵜と水を竿の先でくるくると巻く。水を巻きつつ引き寄せる。長い首をつかまえて、魚を吐かせる。すばやくその口に小えびをひとつかみ投げ込む。あわれ、鵜は、首を細紐でしばられていたのね。のみこめないのね。それでも大きな魚の半分くらいをのみこんでる鵜もいた。水上の鵜を呼ぶ男の目が、やさしい。洱海の霧がオレンジ色に光っていたよ。

幸子さん、その小舟の上で、わたしは父の郷里の筑後川を思い出していた。その中流で老夫妻がひっそりした夜明けに、破れ網で鯉をとっていたのを。それは洱海に会う年の春のこと。小舟で鯉がはねていたよ。

筑後川の堤防には朝から車が走っていた。でも洱海の岸辺は静か。ユーカリやアンズの林の木陰に、高齢者の数人が腰をおろしていた。その高齢者たちは数キロ先の大理(ターリー)市街から一日の遊行に来ていたのです。みなさん、やわらかなよそゆきの服装で。ひとりの老女が若い頃は苦労したけど今はしあわせ、とにっこりされた。七十五歳。曾孫もいる、とのこと。歯がいくつか欠けていて、ベージュ色の服が似合う。

彼女が、わたしも若い頃はよく歌ったよ、と、すこし離れた木陰の中の女性たちを眺めながらいいました。働き着の一群がそちらにいた。麦藁帽子をかぶって。ひとやすみ中の様子。中年の女たちです。彼女たち、歌垣を再現していたの。若い男女が思いを歌に託して遊ぶ、歌垣という伝統が雲南省にあると聞いていたけど。女ばかりでそれを楽しんでいたの。一人が扇子をひらひらさせながら、男になりかわって他の女に歌いかける。女が歌で答える。一同が噴き出し、にやにやする。七十五歳の老女も、ふふっ、と笑う。ことばはわからないけど、何かが伝わってくるの。

あの女性たちは何の仕事に来ていたのでしょうね。延々とつづくの、この歌の応酬。わははは、と女どもの爆笑。エロティックな笑い。人間って、どこも同じだなあと、かけあいの内容もわからぬままなのに、わたしも笑う、にやにやと。

今は歌垣も中高年者の回想手段となったのかと勝手に想像した。というのも、この日の帰路、とある集落で結婚式に出会ったのね。おあつらえむきだなあと、わが旅の幸運に感謝しながら村びと総出の、その人群れに近寄りました。幸子さん、なんだか、なつかしくって。幼い日の記憶のはしっこにある韓国の結婚式のふんいきなの。わたしの守りをしてくれた少女に連れられてのぞいた日の……。

あの結婚式は韓国の民族衣装の花嫁花婿でした。大きな両班（ヤンバン）家の祭祀の間と、その前庭で催されていた。他方この白族の会場は、村の民間信仰の本主（ペンチウ）を祀る社とその庭で行われていました。

晴れの結婚式はもう終わったばかりで二人が庭へ出てくる。なんと、花嫁は黒のスラックスにオレンジ色のジャケット・スーツ。花婿は黒の背広。友人たちも香港経由らしい今ふう衣装で、もう民族服は着ない、とにこにこ。民族服の親世代が庭の一隅で煮炊きしつつ、そこここに食卓を出す。子どもたちが走りまわる。村の長老さんは長身のインテリで、さわやかな五十代でした。背広姿。どうぞいっしょに食事を、と何度もいってくださった。娘たちは、歌垣なんて、と日本の娘らとすこしもかわりがありません。

というより、若い日のわたしというべきでしょうね。だってね、幸子さん。お互い、青春を賭けて、きのうまでの自分と日本の歪みを越えようと、まだ見ぬ世をみつめて世間をかいくぐっていた。

ほんとに、いろいろと雲南省への旅の空で考えました。中国は山間の少数民族にも一人っ子政策はとどいていた。子を産むということが、かつても今もそれぞれの時代の流れに左右される。

絶えまなく霧が湧く高峰のふもとの村で、ふと、とある友人の顔が浮かんだ。彼女が生母も父親も知らないことをわたしが知ったのは、一九六〇年頃のこと。産婦人科まで行くからつきあって、と言われて同行し、仰天した。わたしの腕をつかんで内診室まで連れこんで彼女が医師に叫んだの。先生！　この人にインバイをみせてよ！　女の大先生なのよ、女性問題を考えてるのに何も知らないの。お願い、わたしの子宮をかき出してこの人に見せてよ。お願い！

わたしは腕を引っぱられたまま、うろたえて激しく首をふりました。待ってるから。あなたを待ってるから。ね、あそこで待ってるから。

手術を終えて、麻酔から覚めた彼女はつぶやいた。バカねえあなたは。何かわかったかもしれないのに。あの詩が、越えられたかもしれないのに。

静かな声でした。まもなく彼女は亡くなった。

あの詩とは、わたしが子を宿しつつ書いた一篇の詩。幸福な思いのさなか、ある日、妊婦のわたしは談笑しつつ、ふいに、わたしということばが使えなくなった。「わたし」という個の一人称へ、妊婦の肉体が激突してくる。わたしはその夜、こっそり起き出し、泣きつつ詩を書いた。その破片。

くちびるがうまれたよ
かわいいおしゃべり
右の乳くび　左の乳くび
……
〈わかってやしないのよ
どうせいいきな　たかごえで
あの子　きこえないのよ
なみうちぎわで
泣いている骨のおかあさん〉

見知らぬわたしが天地の間を歩いていくのがみえていたよ。この詩、もっとつづくの。そしてそのあと何年か経ってとある著書に出会ったの。詩ではありません。そんな空漠界ではない。胎児と子宮の分離手術でもない。

わたしの心とからだにしみとおる著書でした。発生生物学者の本。わたしのような、しろうとへの手紙としての著書。岡田節人著『試験管のなかの生命』(岩波書店)『生命科学の現場から』(新潮社)などの、分子生物学というのでしょうか。わたしがわたしへ問うている生命の、普遍性と個の認識への、スタートライン。

わたしにとって生きること死ぬことは、いのちへの讃歌です。しかし、それはまた、絶えまなく、見知らぬわたしと出会うことでもある。文明も、文化も、女体が魂へ告げる生体のひびきを、納得する姿でとらえてきてはいないのだもの。その出発点が来たように嬉しくて、現代の新古典だと思ったの。そのことを、とある新聞に書いたところ、岡田先生から思いもかけぬお便りをいただきました。人間性あふれるお便りには、科学を文化として生かす力量の未発達な現代社会への、危惧の念もまた深くひびいて感じとれる思いでした。

もとより発生生物学は従来の個人のいのち観とは別次元。生命体の連続性をとらえるわが感性を支えてくれる地点。いのちのふしぎに満ちている身体の新古典。『古事記』を、あの戦争中のようなひどい偏向で生命管理の具にするようなことは困難となるでしょう。が、バイオテクノロジーをめぐる技術上の諸問題は激化します。それは白族の村のさざめきへも伝わる思い。人間への祈りが湧いてしまうのでした。

父性という存在

幸子さん、もう七年も以前のこと、とある新聞に「私の新古典」というのを書いた時、ためらうことなく岡田節人著『試験管のなかの生命』(岩波書店、第二版、一九八七年)をとりあげさせていただいたの。それは、わたしという生ま身の存在を、やっと、いのちのまにまに、まともに受けとめてくれた書物に出会えたから。

ほっとしたの。それまでのかずかずのつまずきが、どれもこれも、わたしのいのちの素顔を不問にした社会的概念との悪戦苦闘だったと、ようやく外界へもストレートに伝わる細道が見えた気がした。

もっとも、この感想は生命科学にうといシロウトの、著書への感慨にすぎません。わたしはその小文の中で書いてるの。古事記をひきあいに出して。「私は十代後半に日本へ帰ってきて、この社会は、なんと女を無用の長物視するところかと驚いたものである。この社会にどっぷりと漬かっているかぎりは、古事記といえども単性生殖史的に読むしかすべがないのだ、とがてんしたほどで」と。

そしてその社会で子をみごもった。また、性暴力で仲間の娘を失い、性といのちに対する当時の男社会に苦しみました。性とは何か、いのちの平等とは何か、を、ともにたずねる伴侶も失った。

その折々に、木に会いたくなっていたの、あの幼児期のポプラの大木。切なくて、近くの樹木のスケッチをしていたの。子どもたちが下校するまでの、昼のひとときを。木を描いているうちに、自分に戻れた。貧相な個へ。女という類へ。

岡田先生がこんなわたしのようなシロウトへ、噛んでふくめるようにして、生命体の科学的普遍性を語ってくださる著書に接した時、わたしが樹木と無心に向かい合ってしまう、生物的な当然さがしみじみと見えていた。わたしとしては、幼児体験のポプラとそれをめぐる空と水と雀さんの世界を恋しがっている、と信じているのですけどね。でも、その生ま身と樹木や雀さんとの、生命科学的追究で解きあかされた生物的共通性のなんたる見事さ。なんと、生命体はたのしく、おおらか、そして賢明であることよ。うれしくなっちゃうの。よしよし、人間は社会作りはへただけど、人間どももポプラや雀と同質の生体機能を細胞核のどこかにひそませている様子だな、と、わたしは生命の連続性への恋唄が復活してくる思いだった。

わたしはその小文で、シロウトからのお礼をのべたのです。「私の青春時代には産むことは女の業だ、と、大学教授も口にしてはばからぬ風潮があった。一方ではそれは生産力の再生産にすぎないものだった。そんなバカな、というのが、女を生きることをたのしみたい私の、嘆きだった。とはいえ、それを伝えるのはむずかしいことだった。生命科学者が世間一般へ、生命のもつ自然さの意味を伝えるのが、いかに困難であるかを如実に語りつつ書いてくださったこの本は、私が自分を総体的にとらえようとするとき、実にひろびろと生命を展開してくださった新古典である」と。

あれから七年、先生の、世間一般への語りかけはその研究室での専門分野でのご研究と歩調を合わせるかのように、こまめに、熱心につづけられているのを、幸子さんもよくご存じです。わたしは折々、堺のアネゴの関西なまりを思い出してしまうの。先生の話しことばも関西ふうなのね。それがなかなかオモロイ。『生物学個人授業　先生・岡田節人生徒・南伸坊』（新潮社、一九九六年）などでも面目躍如。わたしも伸坊氏のうしろに腰掛けて講義をたのしんでる気がした。

よかったなあ、うれしいなあ、生きてるうちにわたしの心身を自然界へとかよわせていただいて。

実のところ、雲南省の山々は照葉樹林地帯どころか、樹海を夢みたわたしを、呆然とさせたの。ひどい伐採ですよね。ことに、飛行機から見下ろした山岳地帯は。地球は丸裸。病気は深刻でした。

でも、他国のことはいえない。『生物学個人授業』にもくりかえし出ている。人間中心のエゴ生物学ではなく、科学を文化としてとらえる自然のなかの生きものたち共存の見地こそが、求められているのだと。生きものの多様性への賛美。それはわたしには、人間本位の自然観を、どこから、どのように越えればいいかを、自分へ問うことだ、と聞こえるの。

生命体が内包しているしなやかさ。それは再生能力にかぎらないよね、とわたしは思ってしまう。わたしの目の中の水晶体は、もうほとんど死んでいて、先般右の目の手術を終えた。人工水晶体をはめこんで、ぱっと虹色の視界が明けた。なんとまあ、見事な光の世界。

ただし、左はまだその機に到らず、です。主治医の先生が気をつかってくださって、何かと配慮をいただいています。なんともチグハグな視界で不安定。でもね、これがやっぱりわたしにささやく、細胞のささやきを。人間のことばにはなかなか置き替えきれない、ひろいひろい自然界を。わたしは、つい、にんまりとするのね。

そういえばいつしか、朝ぼらけにうつらうつらと目覚める頃「おはようわたし」と呼びかけるようになった。いつ頃からだろう。細胞の新陳代謝（このことは小学校の理科で習ったよね。好きだったなあ、夢がひろがったよ）が、年齢とともに、生命の誕生やその再生と重なりながら心にとどく。いま生まれたわたし、生まれつつあるわたし、が目覚めに重なる。きっと、個の死とはこんなことよね、と思ってほんわかとしてくるの。

ところで、その目覚めを映像にとらせてくれという放送局の若い人がいた。あきれたね。

からだの脈搏のごとき内界のことなのに。思い出してしまったの。かつて、表現ことごとく、この種のリアリズム以外を認めない主義があったことを。戦中、戦後を問わず。つらいものでしたよね、お互いに。今日といえどもその発想はこの若者のような幼なさのまま生きつづけているのでしょうね、文化や政治の中に。

幸子さん、次回のクラス会の旅でもお願いだから「おハナ、チョーダイ袋」を首からぶらさげていてね。人生への大道芸。それへの讃歌の投げ銭。わたしの朝の目覚めの「おはよう、今日のわたし」と同じ思いの投げ銭を、どうぞ、いつものように、ひろっておくれ。足腰が動かなくなる年齢の自然さを、たのしみましょう。これが、なかなかオモロイ。

父が亡くなるすこし前に、わたしに話してくれたことばがよくわかる。

和江、人は十か月かかってようやく生まれるのだもの、終るときもそれくらいかかるのは自然だね。おなかの子をたいせつにせよ。

そういった。うれしかったなあ。ふかくうなずいたよね。はるばるとした生命体の連続性と個。その自然界の時間空間が、ぱあっとひろがったよ。死ぬことは、ぬくもることだと伝えられた気がした。父性という存在、わたしという個のあるべきところを、あの大戦下で静かに差ししめしてくれつづけた父の存在が、生命界にあることを、光のように感じた瞬間だった。

生命の摂理と向き合う精神。風のようにそれらが、そのあたりに吹いてくれるのはうれしいことです。わたしには、岡田節人先生の関西ことばが風に思える。学理はわからなくとも、その風は感じる。それを引き出してくださった南伸坊氏の画文に感謝。

あのね幸子さん、あのラッキョウ頭の画描きさん、わたしの敬愛する画家、菊畑茂久馬氏の美学校での一期生だと思う。こんな下世話なことがうれしくて……。アホなわたし。

ほろびるって、どういうこと?

幸子さん

たくさん手作りのクッキーをありがとう。あなたがたのしんで焼いたクッキーを、はじめてあなたの部屋でいただいたのは、息子が大学へ入った春でしたよ。あのクッキーを、あなたは息子の友人の下宿へも持ってってくれた。あの時の若者も、いまは社会の中堅。公私とも、骨が折れる坂道を踏みわたっています。

片や、あの折のわたしは、幸ちゃんのお手並はクッキー作りも一級品だよと感嘆しつつ、いまもパクパクやってます。夜の夜中、もうすぐ午前二時です。眠くない。あなたからとどいた果実酒もなめさせていただくことにしよう。何しろ、ほっとひとりをたのしめるのは、ノラ猫同様、こんな夜ふけです。

ノラ猫といえば、いよいよ彼らも生きづらくなってます、わたしが暮らす丘陵地帯も。身をひそめる草むらも農具小屋もない。つるつるの文化都市がひろがりつづけてますからね。

さて、お手作りのお酒をいただきながら近況を、詩のひとつふたつで書かせてください。

あさの十時
ふろの湯があかるい
すりガラスのまどがあかるい
「顔は洗わないでくださいね
手術した目に細菌がはいるといけませんから」
ここまでつれてきてくれたナースのこえ

タイルのバスルームはピンクの洗面器
白い椅子
患者ひとり用の
ひっそりとあかるい湯
まぶしい
空気があおくて
すずしくて
まぶしい
生まれたばかりの
まなざしで
湯をすくうピンクのまるい洗面器
そろりと肩にこぼす
いいお湯……
からだにしみる

こころにしみる
わたしってふろずきなのね
そうおもうこころのとおくから
「ああ　いいお湯……」ときこえてくる
とおくとおくのむこうから
あれは若い母のこえ
父に抱かれてベッドへもどる母のこえ
湯あがりのほほがほころんでいたよ
「ああ　いいきもち
もういつ死んでもいいわ……」
ふたりで浴びた昼のふろ
わらっていたふたり
死のいく日まえだったのか
わたしは手術後三日目の

はじめてのかかり湯
からだをつたうぬくもりの
そのとおくから
ああ　いいお湯……
いのちのこえがひびいている
……

幸子さん、目って、おもしろいですよ。それはいつも外を見ているけれど、その自分の目を内側からみたの。白内障の手術のとき。麻酔薬を注射した瞳の上を水が流れるの。そして水晶体が光の粉になって……。あまり見事で花火の夜空を見上げているようで。やがて夜の海の波を底から見つめているようで。病室へもどっても鮮やかな残像に心をゆだねていました。

かつて、白内障はこのまま視力がおとろえたのでしょうけど、ほどよい視力の人造水晶体をいれていただいて、眼帯がとれると、ぱあっと虹のくにです。もっともわたしは緑内障もあるので網膜の細胞は点々と死んでますから、虹のくにも、視野がせまい。

見知らぬわたしがすたすた歩く。その後姿を、なるほどなあ、と数日眺めました。いまその自分と連れだってあなたと話しているのですが、海底からみつめた波が消えない。

この波、子どもたちが幼少のころに彼らと泳ぎながら眺めた波に似ているの。おだやかな湾内でした。海水浴客も多くない。水にもぐって子らと遊びながら海面を見あげた。うろこ型に波がゆらいでいたの。若く、つらかったわたし。

あのとき、初めてカブトガニを知りました。海底の砂を這っていたの。なんだろうと思った。何匹もいたの。海辺の民家に泊っていて、漁師の家族からカブトガニと教えられた。

あの当時予想もつかなかったわたしが、いま、元気です。それから、あのときは予感も持てなかったけど、カブトガニはすでにあの海にいません。化石のような生き物とも知らず、食用にならないのでこんなにうようよいるのだなと思ったあの生き物が、姿を消した。

「ほろびるって、どういうこと？」とわたしに問うたのは五歳のころの孫です。上の孫。もう小学五年生。ほんとに、どういうことなんだろう。わずか三、四十年前のあの海。はぐくむことを止した海。

いつぞやNHKテレビが、生殖異変を放映していましたね。環境ホルモンという聞きなれない物質のことを。便利でゆたかな生活のために八万ほどの化学物質を現在わたしたちは使っているけれど、そのごく微量な化学物質が川や海の水に溶けて、さまざまな生き物に環境ホルモンとして働きかける話。女性ホルモンのように、タイやイボニシ貝のオスに誤作動して、ほとんどがメス化しているという生殖異変です。環境ホルモンの汚染はひろがりつづけていて、日本沿岸ばかりでない。フロリダ半島のワニのオスのメス化とか、多摩川のコイのメス化、そして人間の精子への影響も放映されていた。この生殖異変の研究は、まだその端緒についたばかり。アメリカの化学者が、わたしが生きているうちには突きとめることはできないでしょうと話しているのが、心を刺した。そして数年前の、孫の問と重なったのでした。

ほろびるって、どういうこと？
それはね
おばあちゃんが虹のくにを歩くこと
それはね
きのう歯の治療につかった樹脂の粉が
ちらちら海へ溶けること
ビスフェノールA　そして
波間に見知らぬいのちが泳ぐこと
……

環境ホルモンは、生き物のオスのメス化作用ばかりかしら。ともあれ、つくづくと人間の視野のちいささと、欲望の深さを教えられます。

わたしは歯の治療も終え、おいしい果実酒をいただきながら、夜ふけ、わたしよ人間であることを嘆くなと、自分へ願う。だって悲しみや罪ぶかさを感ずる機能があるのだもの。神も仏もみえなくとも、いのちはいとしいのだもの。消えたカブトガニの甲の色も、とがった尾も覚えているもの。

目を閉ざしてわたしはみている
朝日を拝んでいた老人を
あれはむかしの炭坑町の
弘法大師の像のまえ
老人は太陽にむかってかしわ手をうち
しずかに頭をたれていたよ
わたしはいまも

老人のそばを目礼をしてそっととおる
太陽はまぶしくて目があけられず
自分の影をみつめてとおる。
……

幸子さん、おいしいお酒ごちそうさま。

天空との相聞歌

幸子さん、数年ぶりの雪ですね。

昨夜おそく、雪の東京から帰ってきて、今朝雨戸をあけると、また、庭はふっくらと雪。

もう何年むかしのことになるのでしょうか。北海道の富良野でスキーのまねごとをして、オホーツク沿岸へとまわった。すると、一望の流氷でした。はろばろと白の世界。山や野は雪景色、海は波の形に凍った白銀の光なの。

網走で列車を降りて海岸へ行きました。凍った波の上に足を乗せることすら、わたしにはおそれをおぼえるほどの美しさでした。凍った海に乗るのは生まれてはじめて。

その海原は、はるかな果てまで白く輝いていたの。空は晴れ渡っていた。太陽は出てないけれど陸地も町も岬も空もきらきらと白光なの。

ああ会えたなあ、とわたしのからだが叫んでいたよ。

からだの芯から噴きあがってくるその声。からだに染みていた外光の記憶なのね。ことばもなく、会えた会えた嬉しい、と、からだが歓喜しているの。富良野のスキー場ではおとなしく心と連れだっていたのに。なんとも、この記憶、クマですよね。微熱があったけれどそれも消えていた。

わたしは、ぼうっとなって輝きわたっている海岸線につったたっていたの。

わたしの記憶のはじまりのあたりに、天へつづいている白光の外界がある。それはしばしば韓国の友人が話してくれた「空は想いのくに」なのでしょうか。赤ん坊のわたしが吸いこんだ天然。そして幼児期のわたしが遊んだ雪原と氷上と陽だまり。わが呼吸のその自然さがつらくて、意識界の開拓者を生きようと努めたつもりが、なんのことはない、光り輝く白の世界のまっただなかで、わたしのからだは目に見えない踊りを踊っているの。

幸子さん、新年そうそう雪の東京へ行ったのも、実はこんなわたしのことを、今のわたしが、もう一度考えてみたかったからでした。国立劇場で昨年、新春公演「ひなの一ふし・

ひなの遊びⅠ」として、菅江真澄の旅と日記をそのまま生かしたなんとも見事な奥浄瑠璃と民俗芸能で構成された舞台を、観たのです。

その感動はひとことでは言えない。いわば異神との対話を心身のよろこびとして旅をした菅江真澄を、現代の、世界的なひろがりを持つ音楽家たちが、真澄の文体のままに、北方地域に伝わる音曲や語りものへ潜行しつつ、真澄の時空に遊ぶ。

昨年の公演は「枡がまくらに」と題して道奥篇。今春は、蝦夷下北篇「しほひかり」。

幸子さん、あなたの出郷のように真澄ならずとも幾万もの人びとが、それぞれの想いをかかえて故郷を出ています。真澄の特異さは、ささやかな権威にすら心ひかれることなく、古老も幼児もわが仏も異神も、一ふしのしらべや一片の骨への愛惜と等しいまなざしでとらえたところにあると、わたしは感じているの。故郷にくらしながらそのような心情に生きることは、むかしも今もむずかしい。真澄といえども晩年は藩制のもとで宮仕えふうの文筆を余儀なくされて、苦労しています。

現代は、なおのこと。一見、自由も平等も手近かになったかにみえますけど。

真澄はほんとうに稀有な人です。それをまざまざと伝えてくれるのは蝦夷下北篇だと思っています。次の一節など、アヰノのメノコと月の光。真澄まで、舞っているの。

「夕暮つかた、若き女あまた浜辺に群れて、鶴の舞てふことして、鶴のかろ〳〵と鳴くまねをしたるが……、トレエチカフ〳〵と、こゝらのメノコ声をそろへて返し返しこれを唄ひ、また羽をふためかすやうに袖をあげ戯れ遊ぶが、雲間もれ出る月光に浜辺まで見やられて、よくしるし」

わたしも幼い頃、父と母に連れられて市街を出て、月の光の中の群舞を眺めながら一人で踊った。白衣の民族の群舞。豊年祈願の夜祭りだと父が語った。そして日本人小学校へ入って、二年か三年か、講堂に児童らは集められて、旅のアイヌ親子の唄と踊りをみせてもらったの。四、五歳の女の子が、父と母が叩く太鼓と笛と唄声に合わせて踊ったの。まっくろな髪が肩でゆらゆらしたよ。まっしろな頬。手織木綿を知らなかったから、黒と紺と生成り木綿色の衣服の柄が、清楚で凛々しくて、びっくりした。アッシなのね。女の子は日本人形さながら。父親は濃いひげを持ち、母親は入墨の口元で、ふしぎな笛の音をひびかせる。若い父と母がアイヌ語でアイヌの唄を歌う。笛や太鼓でリズムを流す。鉢巻ふうのかぶりものの両親の前で、リズムのまにまに舞い踊っている子が、とても大人に思われた。心がしびれるように感じた。

その頃までのわたしの日常には、地元の朝鮮人のくらしだけではなく、中国人の纏足女性やロシア人の家や、どこの国のお方だったのか、わたしは父に抱かれた教会の中で、白人の神父と談笑する父と灯の下にいた記憶もあるの。四、五歳の頃には、親たちとわたしが遊ぶクマソのやかたなどが、山犬やヌクテと呼ぶ朝鮮狼のまぼろしなどともいっしょに生きていた。そのくせ、住いは日本人だけの住宅街で、単婚家庭ばかり。

その日の下校の道で、同じ道を急ぐアイヌの親子を目にして、わたしは走って追ったの、お礼が言いたくて。女の子は父親の背で眠っていた。母親がちいさな荷を提げていた。お礼を言って、今からどこへ行かれるのですか、とお尋ねした。荷物の小ささが印象に残ったの。父親が「あそこの学校」と、岡の上の高等小学校を指差し「見てくれてありがとう」と、すこし話し相手になってくれたの。

あのときの笛はムックリ。

わたしは幾度かの北海道への旅で、アイヌの歴史や日常の、その片鱗にふれ、知人や友人もできました。子ども時代に父から告げられた少数民族の塾を作る話は、戦火たけなわの中、母の死や父の転任などに出会ったせいもあって、それは旅ゆくことで実を結ぶ世界なのだと感じるようになっていた。そして、それは今もわたしの心を支えています。

つくづくと知らされる。わたしの先人たちの、さわさわと急ぐ旅の音。たとえ、身は故郷にしばられ、遊里に閉ざされようとも。

そして、「ひなの一ふし・ひなの遊びⅡ」は、カムイユカラをはじめ、ムックリの音もさながら雲南省の歌垣の心のように「こゝかしこに吹きすさむ声の面白さ、いはんかたなし」でした。公演参加のアイヌ民族博物館の方々の、こころざしがありがたくて、座席でしみじみと味わったのは、庶民が伝えた北からの日本文化です。それはわたしの幼少期の心にひびき、今また、アイヌの舞でよみがえる。その舞さながら背も脚も腕も、すっくと宙空へのばして。

その、身のこなしは、わたしが心に刻んできた韓民族の舞踏の姿勢と共通しているの。男も女も腰をおとさず、膝を割らずに舞い踊る。鶴が舞いとぶように。アイヌの古典芸能の背後に、網走で再会した白光の天地がひろがるのを感じました。あの白銀の寒冷の海をすべりぬけて、シベリア、サハリンを往来した人びとが浮かんでしまう。数年前ラジオドラマ用にその旅を書いたけれど、あの時はおぼろだった北の民の身のこなしが、わたしのからだにひびきわたって、つい、目がうるみました。

そして、ふと思ったの。アイヌ古式舞踊が表現する身のこなしは、鳥やけものや人間らの生命の、いわば天空との相聞歌だけれど、日本神話の中のアメノウズメの舞も、それに通じているなあ、と。くらやみとなった天河原で、太陽の光を招くべく胸をはだけて舞って、神々にエロスを喚起させた女神の話です。稲作の定着と支配への権力争いとの同行とともに、日本人の身のこなしは闇への祈禱めいてきましたが。

幸子さん、日本列島の裏街道はたいそうひろい。「古事記」「日本書紀」からはみ出した見知らぬ神々がさざめいています。北からの日本史が、「旅がふるさと族」の夢を、白光に浮く舞と化してくれるかもしれません。とおい日の、旅のアイヌの親子のように。

いのちのうた、そのエロス

幸子さん、雪の夜の東京で観た菅江真澄の「ひなの一ふし・ひなの遊び」にさそわれて
わたしはそのまま北海道へ行きたかった。でも所用があって無理なことはわかっている。
翌朝はまた雪になりそうな空もようの中を、心まよいながら荷を提げて宿を出た。ふっと、
むかしむかし母がわたしへ気遣ったときのことばが浮かんだの。小学生の頃のこと。
「ほら、また夢野久作さんの顔をしてるよ。夢みる夢子さん、ぼんやりしてるよ。忘れ
もの、ないですか」
ないから困るのよ、みんな捨てたいよ。それでも今はトシですからね、公職めいた役目
もありますよね、お互い、人の世の。

戸外は小雨だった。タクシーも通らない。人通りもまばら。目の前は半蔵門の、その四つ角。やっと一台走ってきた車が、通りすぎようとして、ゆらりと寄ってくれた。「すみません、助かりました」と、乗りこんだ。九州へ帰ろう、とそう思って腰をおろしたの。「どうしたのですか、雨に濡れて。ああ、こんな所で森崎さんを乗せるなんて……」

運転手さんのつぶやき。やっぱりここは山道だった。わたしは狐だった。正体あらわして人間姿の自分を拾ったよ、と、そう思ったなあ。だって、ゆうべ観た真澄の原文にもしばしば狐が出てくる。昨夜の舞台でも奥浄瑠璃として語られた。狐かと思った老婆のことや鼠の子を育てる猫のこと。わたしなんて、猫の乳をのませてもらった鼠の子ですものね。いつだってそう思ってるもの。夢野久作の文学も、アジア侵略時代の庶民の心の奥底を語っている、とわたしなどはまともに伝わる思いですもの。ことに、村の狂女が孕みながら笑いものにされたり、胎児を片あし人の世に出させたまま息絶えた娘の話など、今もかわらぬ日本文化の裸体だもの。

侵略と連帯は同じものの裏表だと書かれた、故竹内好の名言が、土へもどれぬ化学物質めいて、昨今は子どもの心の世界で受けとめられていると、しばしば思う。そう思うほどに現今の子ども界は大人発の情報網の下で追いつめられていますよ。侵略されているの、その個々の心の聖域が。大人のひとりよがりの連帯意識で。魂の気ままな遊びの時空が、もはや、ない。

タクシーの中で狐と人間になったわたしは、三十代の頃、これと似ているけど、おそろしい一瞬の分裂を味わったことが頭をかすめた。あの瞬間は恐怖に落ちた。道ばたにうずくまってじっとしていたよ。あれは仲間うちで起った性暴力殺人事件の三、四年後のことでした。つれあいも東京へ去って。殺された娘の兄が自殺した鉄道線路のかたわらを歩いていた時だった。（あれ、なぜ、あのヒトを生かしてるの。）それは声ではない。けはいでもない。はるかにとおい原郷からの音めいて、一瞬、声が走った。いつものように心身不調で熱のあるからだに。

視界に入っているのは、いつもの二、三人の買物客にすぎません。あのとき、わたしは原稿を食卓の上にひろげたまま、子どもたちや来客たちの食料を買いに、近くの店へあるいていたの。わが家には、見知らぬ読者が一夜宿を求めてやってくる。名も問わずに、泊めていた。幼児を連れた若い女や、胎児の相談に遠くから来る人、子を産んだ直後に一人でやってくる娘、そのほかの見知らぬ同性たち。そして生活協同組合をつくろうと、地元の若者たちが出たり入ったり。わたしはあの性暴力による仲間の死以来半病人だから、寝たり起きたりで。でもね、自分の思想性の浅さのせいで、性犯罪を防ぐことさえできなかったわたしですものね。ストンと、エロスが消えて、体調不安定がつづくのはやむをえない。

「ああ女房が驚くだろうなあ、こんな東京で森崎さんを乗せるなんて……」

運転者さんのあたたかな声がつづきました。ひょっとして、あの当時の方かと思った。でも、そうではありませんでした。『旅は道づれ』というかなり以前に書いたラジオドラマを聞いて以来の読者とのことでした。ありがたく思いました。書くことでくらしてきたわたしは、書く仕事は大道芸だよと思っているのですから。計りようのない遙かな空間と時間の中のいのちのひとつぶ。その五感にひびいてくるものの中で、共鳴し交感しているさまざまな波調。それらの、ほんの一端を文字化することしかできないの。ぜひとも、旅の道づれに伝えたいもの。いのちのうた。そのエロス。

わたしの大道芸は、たとえば夢野久作が『いなか、の、じけん』の『郵便局』として表現した十八娘の胎児のように、「ムラ内外の男らのいたずらで、ポストの腹さながらにふくらみ、」と彼は書いたけど、その父親なしで、片あしこの世に出したまま死んだ胎児の、無言に近い。その子やその母といっしょに、うたいたいよ、道ゆく人へ。男らへ。性欲とエロスとは別ものなのよ、と、うたいたいの。花咲く林の中で。あの子らといっしょに。

そうでしょう、幸子さん。人間のことばは未熟なんだもの。性欲と発情とは同義ではない。性愛と性交とも同じ意味ではない。ましてや女、子どもにとって。わたしの母がわたしの幼い放心へ「夢みる夢子さん、ぼんやりしててはだめよ」と声をかけずにおれなかった時代は、日本では「郵便局」は誰にでもひらかれた窓で、女郎屋と同義だとシャレる者がいたのでしょうね。その程度の性意識だった。だから女の子の夢野久作ふぜいは、母の苦のタネ。そのわたしが昨年、一日郵便局長をしたよ。幼稚園児が郵便配達員になって。市役所その他へ、郵便をくばりました。

こんなわたしの文章が、いくつかの高校の国語の教科書になったりして、高校生の便りにも接します。ある教科書では、作者の紹介に事実とちがう記述がありました。誤解はつきものですから、かまわないの。でも、ふと、その誤解の質が心にかぶさった。

「筑豊の炭坑住宅街に暮らし、三池炭坑闘争に参加。苛烈な運動のなかで男女のエロスを追求しつつ、」「評論集に『闘いとエロス』などがある」まちがい部分のみ、抜き書きしました。文部省へ訂正を申しいれていただいて、訂正され、一年後に教科書は刊行されました。

筑豊に暮らしたけれど、「炭坑住宅街」は、炭坑関係者しか住めない鉱業所の中の労働者の住宅街です。わたしは町にしか住めません。坑害で傾きかけた医師の家と診療室とを借りてくらしていました。「三池炭坑闘争」は筑豊炭田ではなく、筑後の大牟田市にある炭坑の闘争です。参加する折などなくて、一度子どもを連れて三池で働く、与論島出身者を訪ねました。女性史の聞き取りです。苛烈な労働者のたたかいは、三池のみならず筑豊の全域にもひろがったのでした。エネルギー革命とよばれた頃のこと。わたしが子どもたちと筑豊へ移った頃はすでに閉山地帯がひろがっていたのです。『闘いとエロス』は評論集ではありません。幸子さんも読んでくれた。閉山した筑豊の、北九州市に接した町で炭坑失業者が退職金を求めた闘争中に性暴力殺人事件が起きた。わたしが出していた、うすっぺらな女性交流誌『無名通信』のガリ版ずりの発行を手伝ってくれていた炭坑失業者の娘が殺された。仲間の男に。その闘争は、いわば組織のない、しかし悲嘆深い、少数者が支えていました。それはわたしの同伴者が文筆業の核のごとくに自らに問うていた世界観への、地下道めいていた。かれは指導者でした。そこには多様な自問自答が渦巻いていた。女とは、民族とは、というわたしの渦も。

同伴者が東京へ去り、失業者の大半が筑豊から出たあと、寝たり起きたりしながらやっとわたしは自分の非力について問う作業にとりかかりました。性とは何か、を。特定の場や人間や情況ではなく、文明の底の石ころのように断定される女。しかし女を。その愛を。あの事件以来の心身不調はいっそうひどくなっていた。そのことを書いたあの小著は、評論ではなく、大道芸です。闘争中のビラなどを資料としていれました。他はフィクション。同行の人びとをどんな形であれ、わたしの自問で傷つけたくないのでそんな形にした。

でもあの本、「女のないものねだりだ」と書評されたの。男性の評論家に。七〇年のことです。

今、子どもたちが大人から、そして同世代間で、殺傷されたり、その苦しみの中で自殺したりしていて、切ない。大人の身勝手な一方的な情報網の中でその選択肢まで限定されて。いのちの自然を抱きとめてくれていた自然界のエロスの細る中で。幸子さん、あの小著、ないものねだりではないです。今の子どもの苦悩と同じに。そして著者紹介の誤解と同じような、情報分類の、伝統的権威権力への依りかかりの中へ、今、子どもは閉ざされる。エロスは生命の根源。いのちの継承の。いのちの自然を受けとめ合ってこそ、エロスは花ひらく。

なんじゃもんじゃの木

幸子さん、幾度となくお宅へ寄りたいなあと思いながら、あちらこちらと歩いていました。この冬は天候が不安定だったのか、瀬戸内海沿いの町や四国でも、雪が舞いました。二、三日家にいては、出かける日が重なって、今日は三月も中旬。冬の間ごぶさたしていた庭へ出て、びっくり。すっかり春なの。

九州はやっぱりあたたかいのだ、などと、ほんと、間が抜けた話です。冬の間一度も草とりもせず、寒肥もやらなかった。ごめんごめんといいながら午前中は庭の草とりをしました。数日つづける必要あり、です。九州では冬草を抜いておかないと、庭も畠もこれからが骨です。でも、なんだか、このところわたしの心に変調がきざしている気がするなあ。

もう、そろそろ、この世をおさらばしたいのかもしれないなあ。

弱音を吐いているわけではないんです。

「風になりたや　山のかぜ　里の風……」と、すこし身勝手がしたくてね。もういいんじゃないの、と、どこからか見知らぬわたしが笑いかける、この中途半端な存在へ。まあね、これは昨今に限ったことではありませんけど。人間一匹、ひろい自然界で、自在に風と遊びたい。いのちのままにまに、天へ、地へ、です。

私的な意味では、はぐくみ育てる役は、とうのむかしに果たしたよと思っている。孫たちもどうにか、それなりに、地球とか環境とか仕事とかを考えたり書いたり行動したりしていて、幼年も少年もみずからの脚で歩こうとしているもの。たいへんな時代を生きる覚悟だけはできたな、と感じさせられる。

いのちのリズムって、おもしろいよね。風になりたくて、私的で卑近ないいわけを、わが心につぶやいています。きっと、まだ、次の段階がおぼろおぼろなせいだと思う。未見のわたしが見えないのだ。

それにしても今年の庭木は見事。白木蓮の木さえ、白い花びらをクリーム色に染めて、東の空にゆさゆさとゆれている。白と紅の肥後椿も、すっかり大きくなった。こんもりした葉群の表や奥に、たっぷりと花をつけています。葉群の中をのぞくと、小枝を組んだ鳥の巣がありました。なんの巣だろ。

とにかく、春です。彼岸もすぐそこ。

幸子さん、あなた、なんじゃもんじゃの木って、ご存じ？　見に行きたいの。

慶州にいたときに、父が、玉山書院のことを話してくれた。その書院への道には、なんじゃもんじゃの大木の並木がある、といっていたの。父が残したメモにも、次の数行がありました。

――玉山書院ハ安康ヲ去ル約二里ニ在リ。慶州ヨリ約六里ナリ。晦斎李彦廸ヲ祀ル。毎歳、五、六月ノ交、遠足ヲ例トセリ。

コレ、ソノ頃、書院近傍、なんじゃもんじゃノ大木列ヲナシテ、米飯ノ如キ花ヲツケ、景観スコブル愛スベキヲ以テナリ――

慶州中学校長をしていた当時のメモです。

どんな花なのだろうと、折にふれては思ってきたの。何度か訪韓するようになり、韓国の友人知人と旅をしたときも気になった。でもなかなか折を得ません。

ところで昨年の四月のこと。

地元の西日本新聞に「重油悪夢はらう純白の花　ヒトツバタゴ　対馬で満開」との見出しで、対馬の上対馬町鰐浦の岬や入江に、白いサクラが咲きそろっているような美しいカラー写真が出ていたの。記事の中に、次のようにありました。

「モクセイ科の落葉高木で、鰐浦のヒトツバタゴは国の天然記念物。国内の広大な自生地は本州の木曽川沿いと対馬にしかないという。波静かな夜には、月光で水面を白く染めることから『ウミテラシ』とも呼ばれ、別名ナンジャモンジャ。材質が硬いことから地元ではナタオラシの名もある。」

それはそれは見事に咲きひろがっているの。

「地元では開花に合わせて『ひとつばたご祭り』を開催し、今年が十回目。重油漂着騒ぎで開催を危ぶむ声もあったが、回収作業も終え、十一日に予定通り開く。」

ああ、この花なのね、と思いました。「米飯ノ如キ花ヲツケ、景観スコブル愛スベキ」並木が、儒学者の大きな書院とともに目に浮かぶ。わたしも連れてってほしかったなあ。

十歳でした。その名を聞いたとき。

対馬の鰐浦は一九六〇年ごろに初回の旅をしました。しんとした漁村でした。海峡をへだてて、夜は対岸にプサンあたりの灯がちかちかとしていた。昼も、時折、ピカリと光が走った。漁師さんが「あれはバスに太陽が反射すると」といって、「今も、夜、こそーっと舟漕いで近くまで行ってみるバイ」と話されたことでした。

ちなみに『大辞林』をひいてみた。次のように出ています。

なんじゃもんじゃ「何じゃもんじゃ」。その地方に珍らしい樹種や巨木をさしていう称。クスノキ、ヒトツバタゴ、バクチノキなどである場合が多い。千葉県神崎町神崎神社のもの（クスノキ）、東京都明治神宮外苑のもの（ヒトツバタゴ）、筑波山のもの（アブラチャン）などが有名。あんにゃもんにゃ。

ね、幸子さん。へんですよね。

何か、匂うよ。

対馬の鰐浦という万葉集以来の渡韓の港。本州の木曽谷。関東の神崎の神社。神宮外苑。筑波山……。いずれも珍木とのこと。

バクチノキとはどこの木かな。

辞書に、バラ科の常緑高木で暖地に生える、とある。ビランジュ。ビラン。ハダカギ、とのこと。暖地の木なら、九州にもあるでしょうね。何しろバクチの本場だものね。「樹皮は灰褐色で鱗片状にはげ落ち、あとが赤黄色となる。和名はこれを博打に負けて裸になるのにたとえたものという」とある。

いい名だよねえ。なぜ、これをも、なんじゃもんじゃの木といった。おこるよわたしは。くさい、くさい。これは地元の庶民の命名じゃないよ。詩人でもない。

かつて諸国を歩いていた者たち。ひとりふたりではない。そうでしょ。

そして「その地方に珍らしい樹種や巨木をさして」共通の呼び名をつけてきた。いったい、誰が。

そうか、この手紙を書きつつ十歳の折の夢の木の、その名の由来が見えてきたよ。

修験者なのね。それぞれの霊山を出たあとの、旅の多くの陰陽道。

「難者問者」なのね。自分らの足跡を樹木に残してきたんだ。しょうがないわね、ことばで庶民をおどす奴は。ほら今もアジアの仏教国に問答による教儀勉学の様式がありますよね。わたしが帰国した当時もその名残りは神仏分離後の日本の諸方にあった。他方で修験道の霊山はその伝統を仏道へ求めつつ、森閑として機能していた。が、七〇年代まで山や谷間のちいさなお堂などで目にしたよ。民間の、いかがわしい神託の姿を。修験者の末裔が教儀伝授ふうに呪文をかけていた。悩みをかかえる人びとへ。ささやかな開眼を与えていたの。その中には女を数人従えて温泉宿にいる人もいた。

でも、とある五十代の女性が、修験者と共に阿蘇連山の峰々をホラ貝を吹きながら修行しつつ歩いたころの話をしてくれたことがあるの。彼女はわたしの母世代の方でした。坑内労働の体験者。世間の価値観から抜け出ていたよ。ご自分の長男を警察から戸籍に入れろと問いつめられて「えらそうに言うな、戦争にとろうと思うてから。わしゃ、そげなこた、せん」とがんばった人でした。

こんな話をするつもりでなかったのに。ナンジャモンジャが固有名詞でないのを知ったばかりに。

でもね、この木の名、わたしにはわが暮らしの中の生えぬきの「方言」だよ。対馬の鰐浦対岸の韓国巨済（コジェ）島では、女学校時代からの友人の金任順（キムイムスン）さんが、韓国動乱の折の孤児七百余名を育てたあと、その愛光園で知的障害の孤児たち二百三十余人と生活しながら、日本の椿をはじめさまざまな木を愛光園の庭に根付かせているの。実生から育てて。

その愛光園から晴れた日には対馬が見える。園の麓からひろがっている海の向こうに。いま、彼女は巨済島の地元の女性たちと対馬との交流を準備中です。草の根の交流なの。くりかえし彼女が話すの。「子どもたちが地元の人に愛されるように、地元へも愛を注ぎたい。この子たちは生涯、ここでくらすのだもの。与えられるだけの人生は誰でも苦痛よ、この子らも。人は誰でも一つ二つの能力はあるのよ。いろいろな作業所を作って、一人ひとりの好みに合った作業がみつかるようにしてやりたい。そしてね、生涯地元の人とも会えるようなグループホームを園の近くに建てて、そこから園にかよえるようにしてやりたいの」彼女の愛のふかさは、福祉の概念を洗いつづけます。

生命の河のひびき

幸子さん、ちいさな旅をご一緒にしてたのしかった。旅のさきざきが、わがふるさととの思いがいっそう深くなりました。なんともなつかしい風土がひろがるようになって、うれしい思いです。いのちの継承の時空こそが、人のいのちの母国なのでしょうから。この困難な二十世紀末の人間にとって、どこと特定しがたい気流の流れのように、生命の河のひびきが感じとれる瞬間は救いです。ああ、あの人も、このひびきを感じとっているよ、と、ゆきずりの人のからだから感じとる瞬間があります。

そんな思いが、こんどの旅でも、胸を刺す折ふしが重なりました。いくつも、谷川を見たよね。なぜか、川の固有名詞が不要になるような、水流だった。桜ばかりが静かで。人間の多くが山を去ったせいでしょうか。

それにしても、つい十年ほど前まで、あのような山頂あたりにまで集落があったのかと、あらためて見上げました。川霧が絶えまなく昇り、道は谷に沿い、ダムに沿ってゆれ曲り、ゆれ曲り、過疎化した山肌の集落の下を何時間バスにゆられたことだろう。九州に住みなれると、山はゆるやかな曲線のひろがる高原のことだと思ってしまうのでしょうか。旅先の山のあの谷この谷から、近代日本の初期の頃、夢を抱いて玄界灘を渡った多くの人びとを、目に見る思いがした。

そして、こんなふうに感じとらせてくれる旅先の風土がありがたかった。今は過疎化したり、どっとばかりに都市近郊に集ったりしているけれど、でも、またこの姿は必ず変化する。

かつては国権をかざしつつ海を渡り、他民族を侵し、どうやらその非を悟った者たちが郷土に戻って、この半世紀山を耕しふたたび山頂へ到り、そしてまた山を去った。まだ、その営みの跡はあたたかでした。わたしもあなたも、日本列島のどこへ旅をしても、必ずいくつかのハングルを語源とした食堂の名などに気がつきます。日本文字で書かれている。

そして、それらが、谷あいの集落にもあるのに出あう。こんな人知れぬところと思ってしまうような山肌に。

暗号のように、ぽつりぽつりとあるハングルを語源とする店。白いひげを垂らしたアボジ（父親）でも現れそうな思い。

そういえば、わたしが折ふしの放送の仕事などで、スポンサーとしてお世話になる方も、今は日本国内の著名な会社の経営者ですけれど、生まれ故郷の朝鮮から追われて日本列島の谷あいの村に身をかくされた家族の、二世として日本で誕生。

　アリランの流れくる野や雪乱舞
　虹消えて玄界灘に夜の雪

彼、姜琪東（カンキドン）氏の句です。

わたしはかつての朝鮮で生まれ、アボジの白衣を早世した祖父というものの象徴と感じながら育ちました。これまで、その自分を越えようと願い、努めながら生きてきた。それでも先の二句を姜琪東氏の句集『身世打鈴』(石風社、一九九七年)から書き写しつつ、涙がとまらない。

あなたと先日、バスにゆられゆられ辿った谷あいの集落のひとつは、朝鮮で生まれた旧友の郷里。そしてまた、その近くの集落では姜琪東氏が産声をあげた。わたし達が辿ったときその山やまは霧を湧かしていたね。くりかえし耕作された段々畠の跡が美しかった。

アリランの流れくる野や　さくら散る

あの日の旅の、わたしの思いです。

先年、韓国のプサン近くの島、巨済島でほろ酔いのアボジやオモニ(母親)が木立の下を歌いつつ踊りつつ登っていたのを思い出しました。その光景を。いえ、もっと根源の、歌と踊りを。わたしの幼魂にしみとおった天と地の歌を。

戦後半世紀、人間は文化を越え、国境を溶かし、民族や人種の多様性を抱きとめあいながら生きられるはずだ、と、たったひとつの、その夢を抱いてわたしは生きてきた。

それは、経済的な地球規模での開放だとか、生産様式にともなう情報網で地球をおおうことなどではないのです。二十一世紀へむけて地球資源の喰い荒らしを先進国は、後進諸国へと輸出しつづけることでしょう。そして旅先で出あった山や谷のように、弱者の汗の干満の跡を、地球規模でさらすことでしょう。

その地球をおおう傷痕から、きっと、新しい思想の芽は萌える。いのちの母国を育てあうことが可能ならば、と「虹消えて玄界灘に夜の雪」を、わたしもみているの。

幸子さん、玄界灘の夜の雪を、何度も心にみてきたよね。幼い頃から、若い日も。老いのさなかも。あれは十代のはじめの頃。しきりに降るその雪が、大きな波濤に音もなく吸いこまれつつ海と化す姿が心にひろがったの。それは、玄界灘自身の、歌のように思えたの。海は、人声も、雪や雨も、吸いとりながら歌っていたの。玄界灘という名も消えたひろい海。くらい海。うねるパダ。波。天のしずく。朝鮮人の女の子が、パダとは海のことよ、と、わたしへささやいた頃のこと。

世の中あげて、戦争を謳歌しているさなかだった。わたしは幼い詩を書いた。海の雪。今だって、物質文明を謳歌してニセの国際化がしきりですけれど、子どもの感性は大人の小ささを見抜きます。子どもはいつでも大人になってしまうけれど、しかし。

しかし、幼魂は生きつづけます。老いても。大人界に通用する言語ではなく、感性の伝達として。よりひろい生命界を感受しつつ。

いつの日か、人の父や母が、幼魂を受けとめる力量を育てあうような文化をはらむことを思う。これまでの父権や母権の文化を越えて。

幸子さんとちいさな旅をしながら、ふたりとも言葉もなく、春先の気温を浴びながら歩いたよね。わたしは思っていたよ。幸子さん、あなたは一あし早く、社会的母性や社会的父性を求めながら生きていたのだ、と。

それは福祉行政ではない。男女共同参画社会でもない。ましてや両性を、生殖機能に限定しての呼称ではありません、母性や父性は。それは、生命の連続性に関する人間的な視点、思索、労働。

そのことを過去のわたしに感じとらせてくれたのは、幼年期の娘や息子や、そして孫でした。なぜ、幼い者に、生命と、そして生命の連続性への直感的な情愛が宿っているのでしょうね。大人は忘れてしまうのに。

わたしがととのえた夕食の魚への幼児のつぶやき。ザリガニを共喰いさせつつ釣っていた折の、幼児語。つぶした虫へのささやき。死んだ子雀を掌にした幼い視線の深さ。

文学以前、金銭以前、権力以前の、それらの珠玉。

わたしは自分の幼児期に、そうした珠玉を手渡してくれた人びとの目を覚えているの。朝鮮人の子どもでした。言葉は通じなかったよ。でも、心は、しっかりと伝わった。あの視線、じっとみていた幼い目。どこからか、いつも、あの目が、じっとこっちをみている。

そして、ハングルで語りかけてくれたアボジやオモニ。忘れられるかよ。あの父性、あの母性！　叱りとばされたこともあるのよ、孔子廟の扉を押して中をうかがっていた背後から。

あれら人間性が、そのまま輝く人の世がほしい。

わたしが生きてきたこの日本列島で、社会的父性愛の必要を二十代のわたしが小さな集会で語ったとき、ハハハと笑った男たち。お前はいのちすべてを同価値にみる、と叱った進歩陣営の指導的男たち。エロス欠落のこの列島。山肌の小集落にさえ、権力が愛に先立っていたよ。

祭太鼓われ他国者（よそ）と思ふ日ぞ

『姜琪東俳句集』（石風社、一九九七年）より引きました。アリランの野がなつかしい。

そして、今、韓国からかつてのクラスメートの金任順（キムイムスン）さんが電話をかけてくる。

「モリサキさん、あなたが見てきた田や畠や山や河は日本にも韓国にももうなくなった。

ふたりとも、裸になろう。すっぽりと」

幸子さん、裸になりたいよ。

いつかネパールで会った幼女の姿のように。あの目の、光のように。

あの子、裸で、裸の妹をおんぶしていたよ。

生命界と社会

アゲハ蝶がしきりに庭木の間をとびかいます。五月。新緑匂う季節。

弟が、いのちを絶った季節。

黒いアゲハたちは光りながら、もつれながら、ひらりひらりと行きかいます。つい呆然となる。意識界の、その果ての、ひろいひろいうすらあかり。そのあたりから何かがとどく。おもわず心を澄ませてしまう。でも幸子さん、あなたが手紙に書いてくださったように、弟が世を去って四十五年、わたしはまだ、ぼーっとしているの。ごめんなさい、としか、いまだに弟への言葉がない。

「あのね、蝶チョはね」

そばで遊んでいる孫が庭に目をやって話しかけてきます。次男坊のほうです。

「あのね、くもの巣をよけてとぶの。だからあんなにくもの巣が大きくっても、ほら、ね。アゲハ蝶にはくもの巣がみえるんだよ」

彼のお兄ちゃんはまだ学校から帰りません。帰ってくれば、次男坊のほうもわたしなど眼中にない。すぐにお兄ちゃんにくっつきます。そして負けずにやりあう。

「あら、ほんとだ」

二羽の大きなアゲハ蝶は、すらりとくもの巣をよけては、しきりにもつれあいながらとびます。木立の間の見事なくもの巣の上を。下を。

「あのね、幼稚園の帰りでもみたよ。アゲハはね、くもの巣にはかからないよ」

つい放心して蝶の往来をみつめていたわたしへ、何を感じたのか、そうつづけました。うまく反応できない。

「おばあちゃんちに、キュウリある？　キャベツでもいいよ。これにあげるの。キュウリはよく食べるよ。あげてね」

幼稚園の帰り道でみつけたかたつむりです。わたしへのおみやげ。すぐ近くの彼の家に彼はまだ帰りついてはいません。そこには彼がひろってきて越冬させたかたつむりたちが、春とともに籠の中で動きだしています。テントウ虫も先日ぶじに飛び立った。

たまたまその日、その場にいたわたしは、虫たちの世話をしている彼をねぎらいました。

「ごくろうさん。テントウ虫さん元気よくママのいる野原へ帰ったね。よかったね」

「ちがうよ」と彼。

「親はね、もういないの。死んでるの」

「あら、そうなの」

「そうだよ。ほら、これがさっきの虫の抜け殻」

「おや、テントウ虫も脱皮するの？　これ、さっきの虫の抜け殻なの？」

「うん。もう一匹いるはずだけど……」

縁側の端に、うす汚れた虫たちの棲み処がいくつか並ぶ。お兄ちゃんの部屋には鳥籠と鳥の巣箱。庭にも小鳥の家。

弟の方は小鳥よりも身近で、自分でつかまえることができる虫たちに手を出す。昨秋からこの五月まで、さまざまな昆虫を籠やケースの中で飼っては庭に放した。わたしはテントウ虫も脱皮するのかなあと帰宅して手元の本をのぞいたりした。わからなかった。五ミリくらいの灰色の殻が残っていたの。

「テントウ虫の親はね、卵産んだら死ぬの。さっきの虫、どこかな」と孫は庭を探していた。その彼へ、

「お友達がたくさんいるよ、草の中に。虫さんはよく知ってるんだもの」

そう言いながら、からだが固くなる。半月ほど前、彼に連れられて住宅地のすぐ先の里山のほうへ行きました。麓の竹藪のすその泥道で、彼が走った。

「早くおいで。ここだよ。蛙の卵がいたとこ。あ、もう泳いでいるよ。ほらァ」

草道から叫んだ。水たまりでした。何かちらちら。もうすこしオタマジャクシらしく大きくなってから家に連れて来ようね、と彼をうながして帰ったけど。でもその翌日、あの山すそで車道工事がはじまった。昨年の初夏にかけては、彼は十匹あまりのオタマジャクシを金魚鉢で育てたの。「どれか一匹、カメさんにならないかなあ」とのぞきながら。そして蛙になった一同を里山の近くの田へ放してやりました。

幼児たちがみつめている世界。心を通わせている世界。その生命界。彼らの現実。

そんなものは大人への過渡期の風景にすぎなくて、大人が作りあげた社会こそが真実で現実なのだと、いつの時代も人間たちは生きてきた。ことに、近代へ入る頃からは意識してその傾向を強めています。

わたしたちの幼少年期はその大人社会を国家が戦争へと引っ張った。強力な国家は他国を統合した。いま、二十世紀末へかけては無限の成長発展を幻想する利潤社会が、国家も人間をも引き従えます。蛙の棲み処やテントウ虫の草っ原が失われていくだけではない。脱皮した昆虫たちの数も激減した住宅街です。どこの親も子もそれぞれの私生活の場で、環境への心づかいをはじめてはいます。でも職場へ出るや、私事をすてて、産業社会の一部品となるほかにない。親も子も、そのあたりで心身を痛めていると思います。幸子さんやわたしなどが、植民地で全身で感じとっていたもの——。あの絶望的な、大人社会への不信。そして別の世界をひらく夢。

それが可能かと感じた敗戦後の時代は急速に遠くなりました。東京で大学生だった弟がわたしを最後にたずねて来たときのことばが、このところよみがえる。

「赤ん坊を大切にね。——女はいいね、なんにもなくとも、性を手がかりに社会について考えることができる。汚れていないもの」

二十歳と数か月。わたしは全力で話した。

ね、男も同じでしょう、個人的には同じでしょう、ね、生きてみよう……と。一晩かけて、幼い会話をとぎれがちに重ねた。日本社会の閉鎖性。個人の無視。組織の権力エゴ。不況と人身売買。あの時代……。学園闘争がつづいていた。

でも、どうふりかえってみても弟とわたしの六歳の時間差は、わたしという生きものの貪欲さと二重になってしまいます。六年多くむさぼった。他民族の空を。大地や親の愛を。朝焼け空の、あの無言の美しさ、偉大さを。

それなのに、いまだに、このていたらく。

先日の連休の折に、孫たち一家は恐竜資料館へ行きました。娘夫婦もいつしかこの町へ転じて二人の孫が生まれたけど、息子夫婦も東京からUターンして、猫ちゃん一匹とわが二階に同居。夫妻はそれぞれ仕事をかかえて連休と無縁なくらしです。五歳になった下の孫は今度初めて玩具やテレビの怪獣たちの、その発想の原型に通じる骨のレプリカと対面するわけです。わたしはほっとしていました。子どもの遊びの場が、大人の営利目的の怪獣界へと消費させられるばかりですし、骨のレプリカとの初めての対面で何かを感じてくれるかもしれないなあ、と。

出かけるとき、にこにこしながら立ち寄ってくれた。午前の日射しが雨あがりの舗道にさわやかだった。

「駅まで歩くのよ今日は。おばあちゃんもいっしょに行けたらいいのに。どうしてだめなのかなあ」

「この次連れてってね」

「ばいばい」と手をふって行く。

お兄ちゃんはそっけない。成長過程は誰も似通っているのだなあと、そろそろ思春期へ入る坂道が、その後姿に、ふいに重なってしまう。幾世代もの、思春期の孤独が。

こうした凡庸な日常性。でもわたしの中では波立っています。

なぜ人間たちは生命の連続性を、社会にとって二次的なものとみてしまうのか。性愛や誕生や育児などはかつては国家と家制度下で私事と公事に分断されました。今日の超産業社会下では私事の内容は、個人意識が育つにつれて多様化してきましたが、それは個々人の一代主義的な側面ばかりが社会へとりこまれる。そうではなくて、個の尊厳を受けとめあいながら、個体を超える生命の連続性を核とする社会のキー概念をどう呼べばいい？響きあう生命界、そのエロスを……。それは、わが子を越えてひろがる愛の核として、明日の千年をひらきます。

ところで、恐竜館へ行った五歳の孫の感想。「おばあちゃんが死んだら骨をここに置いたらいいねえ」と言ったのですって。北京原人のレプリカの隣に。

いいなあ、幼年期の心は。わたしもわが感性のまにまに生命界と社会について考えましょう。

ひとかけらの夢

嬉しいのよ、幸子さん。昨年の夏に雲南省の高地の村へ同行してくださった中国人留学生夫妻に、男の子が誕生したの。夫の曹剣（ソウケン）さんは白（ペー）族出身。妻の盧子（ロコ）さんは漢族。しかし二人とも北京で生まれ、北京の大学を終えて結婚後に日本へ留学。すでに五年を経ていて曹剣さんはこの春帰国を余儀なくされた。妻の盧子さんは留学期間が残っているからと、福岡で産んでくださった。嬉しくて、心がほころびます。

この思い、他人へ説明しがたい。

わたしが二十世紀なかばに植民地で誕生した苦悩を、根っこからくつがえしてくれるいのちが産声を上げてくれたように、前方が明かるみます。わたしの夜空に、白族自治州の夜を染めた火把節（フオパチエ）の、巨大なたいまつの火がはじける。村むらの、田の、虫追い祭りの火。
あの日、あの高原の山麓の村で求めた小さな手縫いの沓（くつ）。それは赤ん坊の成長祈願の赤い布沓でした。豚の顔がかたどってあるの。彼ら夫妻もわたしと同じように初めての故郷訪問、初めての火把節への参加とのことでした。あの夜の夫妻の瞳の輝きが、わたしの心に鮮やかです。わたしは成育祈願の白族伝承の布沓と、同じように韓国に伝わる祈願の品をそえて、日本製の赤ん坊の日常着とともに、誕生した子へと宅配便に托さずにはおれません。感謝の思いが尽きない。

北京も上海も雲南省も、そして旧満州も、その他アジアの多くの地名ともども、とてもわたしの一代では越えかねる近代国家日本の過去が、それらアジアの土にしみついている。目に見えてしまうの。そこで生きていた自他民族の姿が。

それはわたし自身が育った時空。当時の法律婚にさからって故郷を出た両親から生まれた空。幸子さん、あなたの出生も同じですよね。何しろ個人の愛を社会化する場は閉ざされていたのですから。それは日本に限りません。あの時代に、いのちを産み育てることとは、と、未来への展望をこめて主張してくださった世界の少数者の精神の山河を、今もなお、わたしはたずね歩いています。戦火の底へ、獄舎へ、無言へ、と閉ざされた先輩のかすかな、しかし、深い点や線をたずねているの。父も母もその方々につながっているのを見ています。

今、日本は戦火こそ中断しているけれど、人間界の環境破壊は戦火よりひどい。常時、生命界をおびやかしている。それは存在の外側の問題ではなくなっています。そのことはなかなか社会での共通の認識にはなりません。環境という用語が身体や精神の外側を意味すると考えられてきたせいでしょうか。

ともあれ現実は、環境汚染がわたしたちの身体へと内在化しつつあって、それは母乳や胎児の劣化にとどまらない。アレルギー症状との同伴や環境ホルモンの心配にとどまってはいません。肉体の劣化現象が精神界へ反映しないはずがないもの。幼児期の生命不安、少年期の子らにみられる異常な生命認識。弱い者へのいじめとか暴力とか殺傷とか自殺とか、と、ほんとうに先進国というものの正体を象徴してしまう。

わたしたち人間は社会化して生きる生命体でもありますから、その人間界を、環境汚染と社会との相互関係としてとらえながら生きたい。そのように大きく把握しつつ生産の方向性を創造することはできないのでしょうか。後進諸国などという呼称を捨てて。全人類の未来へ向けてリサイクル可能な文明へと向かうことは不可能かしら、と思います。

こんなの、詩を抱く者の寝言でしょうか。わたしは若い頃、福岡市内の浜辺の波にたわむれながら友人と夢物語りをした。それは、当時は気がつかなかったけど、地球の自転ほどの速さで戦後社会が激変する、そのさなかだったのね。でも、まだ車は高級品だった。

その中に、こんな会話があるの。

「このまま行くと日本はクルマに乗って動くよ、そのうち学生も車に乗るかもしれん」

「しかし隣りは中国。あれは別の創造物で動くと思う。でないと人類は破滅だもの」

あの時の浜辺は、今は市街のまっただなか。あの時、夕陽が波にこぼれていたよ。

人間は強欲だけど、しかし環境の肉体汚染・精神劣化を越える技術と思想ぐらい、国境を越えて生み出すと信じたい。

内外の呼応が断たれ、得体の知れない恐怖に閉ざされる不安を、三十代の女や男から聞かされる。もっと若い世代は、親世代の不安が生活様式化されていて、いつも一人ぽっちだという苦痛を。家庭でも学校でも居住地でもそのとおりであって、若く幼い自分について自問する自在な空間がない。あるのは外界にあふれる快楽。大人によって売られるそれら。

かつてわたしらの幼少年期には、子どもの快楽は気ままな遊びとして外化する余地がありました。侵略の谷間に。今、子どもの快楽は大人が商品化して世界に満ち、お金と引きかえです。子どもだって、そのことを知っている。非現実こそ、残された現実界だと感じとってしまう幼少年たちの追いつめられた精神を、少年院へ送るのは大人界の罪だと、わたしは思っています。

こうした日本で、未来の学問分野の開拓をこころざす中国の若い夫妻が、福岡市で元気な赤ん坊を誕生させたの。

ありがたくて。嬉しくて。

人の一代は短く、生存中のプラス・マイナスを正すゆとりもありません。若い日のわたしが歩いた浜辺に高速道路が走り、今、盧子さんたちの坊やがそのすぐそばのアパートで産声をあげているよ。福岡には、絶えることなくアジア諸国から風が吹きこみます。

その風、大切にしたい。

嬉しいことの、もうひとつ。

それは韓国の旧友が、わたしのプライベートな交流にとどまることなく、直接多くの方々にご紹介する機会が訪れたこと。わたしの働きかけなど皆無なのに。ただ彼女の役に立ちたくて、障害児関係のささやかなことにふれてきた。折にふれては幸子さんへも話したり書いたりしてきた金任順(キムイムスン)さん。知的障害孤児の家と学校と作業所である愛光園の園長。

幸子さんとご一緒だった女学校の、最終学年の初夏、わたしは別の女学校へ転校しました。そして金任順さんをはじめ、十人ほどの朝鮮人女学生と同じ教室ですごし、無言の中の友情を得ています。

日本の敗退にともなう朝鮮の解放と独立。つづいての動乱と民族分断の悲劇。

それは、庶民ひとりひとりにとって、敗退日本の比ではないほどの深い痛みを刻んでいるとわたしは思っています。そのほんの一片を友人たちの身の上に知っただけでさえ、そうです。

その数えきれぬ痛みを、民族分断の地上の炎に焼かれながら、黙々と彼女は拾いあげてきた。育ててきた。

「木の葉が散るように、赤ん坊が地面の上で泣いていたよ」

金任順さんの声が消えません。

若かった彼女が、わが赤ん坊にふくませる乳房を地面で泣く子らに吸わせ、出なくなった乳の限度に泣きながら祈ったのは、どうかこの子らと縁ができませんように、という願いだったと、話してくれました。

あの夜以来、今日までの彼女との交流はわたしの思いからあふれ出す。

初めて福岡の町を二人で歩いたとき、「ああ、会ったときがわたしたちのふるさとよ」と彼女はわたしの手を握りしめてくれた。率直で情熱的でいつも前向きの、大切な友人。

幸子さん、あなたもわたしもよろよろと日本列島をさすらった。今もそのただ中だけど、たのしみましょうね。ひとかけらの夢を育てながら。

クーラーとふるさと

梅雨あけ前なのに熱帯夜がつづきます。そちらはいかが。数年前に水枯れの夏や、大型台風による水源の森の崩壊を経験したせいでしょうか、天候異変は心にかかります。日常のくらしも社会生活も、自然現象下での営みなのだと、いやでも思わせられて不安です。クーラーがあるので平気とはいえないのは、その冷気が快く感じとれないリューマチのせいでしょうか。でも勝手なもので、ガスに点火しさえすれば痛むからだをあたためてくれる風呂は助かる。いいなあ便利でと、かつての風呂の湯の苦労を思い出しては、ゆったり。いいかげんなわたしです。こちらはこんなぐあいですが、寒冷な地方では、その地方なりの天候異変の記憶がおありでしょう。

九州ではあの異常な夏以来、大都市の水の確保と重ねて、水源の森の植林も、民間のボランティアや行政の仕事となっています。わたしもまた、その末端とかかわりを持っています。しかしね、幸子さん、川の流域の保全事業や、川の水を大都市へと逆流させる工事はかなりの効力をあげて市民をほっとさせはしますが、植林がそれなりの威力をみせてくれるには、子育て自分育てと同様に、ながい時間がかかります。また、心配りも必要。

あの大型台風の被害や都市の水枯れは、それにつづいたバブル崩壊と共に、今は自然界と開発文明とが織り成す縮図のようにさまざまな姿で、アジアの全域に及んでいます。わたしはよくこそあの夏、その山へと出かけたと今は思います。実状を知り、自分の無力を噛みしめたことでしたが、あの時訪れたのは崩壊した山の、ほんの入口。それでも山仕事で生きてきた男たちさえ、わたしをジープに乗せて山道を行きながら、折れた大木の鋭い幹の断面が重なる山を仰いで語った。「撓（しな）った杉はおそろしかバイ。人間なんて、かんたんにはじき跳ばす。何人も死んだ。山奥は手がつけられん」と。ダムの水には崩れ落ちた大杉や、その巨大な根っこが一面に浮いていた。

あの後、改めて山へ行きました、三年後に。そして復旧の困難さが山林所有者の意向や経済不況とからみあって放置されていることを教えられたり、その中での地元行政の苦難の具体策を心に刻んだりしました。それでもね幸子さん、異変直後のあの姿と山仕事の男たちの話が、忘れられない。

なんだかわたしのからだが、わたしに告げるの。異変とは常態のことだよ、と。知っているだろう、覚えているでしょう、と。そして、うなずいているものがあるの。からだに染みている幾百年の水の記憶とでもいうような。個人をはるかに越えた記憶のように。細胞の音のように。

アホなことをいいますけどね、幸子さん。ひょっとしたら、個体の心身の複雑さというか、面白さというのか。わたしなどは個としての人間一人ひとりを、自分もふくめて、大切にしあう文化を求めてきた。今後もそれは変わらない。個人的な体験は個々別々だし、同じ天候異変下の同時代人とはいえ、情況判断にはちがいがあります。かつてはその個人差を無視して、不動の価値観がおしつけられた。民族や国家の名のもとに。そして昨今は人類の繁栄へと向かう手段として、クーラーの夏をこしらえています。その人間謳歌の文明下で、個々にわが道を探し、同じく同行者に気配りしつつ生きながら、わたしに聞こえてくるものがある。個を越えたいのちの流れのような。

それが流れるからこそ、個は個として存在しえるのだとでもいうかのような。

アホな話です。しかし……

昨日はわたしの住宅地区の、子ども樽みこしの日でした。地区役員としてわたしもそのみこしの組立てを担当しました。子どもの数も減っています。住宅地は、はるかにひろがったけど。役員も老いた。子どものみこしの行列に勢いよく水をかける者も、老いて数を減らします。ちいさな賽銭箱を紅白の棒にのっけて、下学年の子がみこしと共に住宅地を行く。わたしは行列の子どもたちへ気負い水をかけるのさえ、気がかりになる。わが孫がその朝八度八分の熱を出したように、何や彼やと風邪めいた異常は、今の子のいつものことですから。

そんなわけで、子どもたちがたのしみにしていたはずの、お賽銭をいれてやるのを忘れてしまった。もっとも、この地区に氏神などあるわけもない。ただただ、子どもたちの明日の支えになる折もあろうかと、地域づくりに配慮している次第です。次の日曜の夜は小学校校区内の合同夏祭り。夜店用にと親たちは食品作りも担当を決めています。くじ引きなども作る。テントも張る。

こうした地区の大人たちの奉仕作業は、これはわたしが暮らす新興住宅地にかぎらず、村共同体が生まれる頃からのことでしょう。ただし、それは、鬼とも呼んだ未見の世の神たちとの共働行事でした。今のわたしたち、すくなくともみこしの棒に紅白の布を巻いたり鈴を結びつけたりしている老年層が、かつての村意識と通う感性を持っているわけでもありません。互いの職業も経歴も家族も知らない。でも、だからこそ、たまたまこの丘の住宅で育つ子らの、その不安を互いに抱きとめてやりたいと願う。そんな不安を、共に生きあうことで越えあいたいと願う。

そんな思いが、言葉にしなくても、いえ、しないからこそ伝わるの。役立たずのトシのわたしも、わがからだが伝えてくる水の記憶めくものに耳をすましながら、未来の大人たちへささやかすぎる夏の夜をこしらえる。贈りもののひとかけらを。

そしてね、考えてしまうの。ほら、ボケ老人はよく徘徊する、といいますね。やさしく看護をしている家族へ一礼して、ではわたしは帰ります、と、戸外へ出て行く、と。幸子さん、どこへと出て行くのでしょうね。祭り太鼓や、朝夕の食事の湯気や、育てあった家族たちへ一礼して、「では、これで失礼」と。

わたしの家の玄関にも、そのようなお方がみえて、腰をおろしたまま動かれない日があったの。ここがわたしの……と。わたしを見ながら。まだ孫たちが生まれる前。

わたしはしばしば旅をします。日常が旅だよと心で思っている。しかし、反面では旅先そのものがふるさとのようになつかしい。いえ、旅がふるさとと思ってしまう。

体力も意識も老いていくのは生きものの自然だから大切にしたいけれど、そうなる頃にいきいきと働くものがあるのかもね。まるでいのちの水がようやく素肌をみせるように。若い知恵が見落としていた、生命体の応答。あれはなんだろうなあ、面白いなあ、と看護のたいへんさを感じながら、それでも老いての彷徨を思います。生命の旅を。

花崎皋平さんの『世話と共感の文化』（真宗大谷派名古屋別院、一九九八年）にも、母上の看護の日々が綴られています。母上は花崎貞さん。東方文芸の会の創立者であり、中国の女性詩人の作品の翻訳紹介をつづけられた花崎采琰（さいえん）さんです。その訳書『花の文化詞』（東方文芸の会、一九八九年）は九〇年度の日本翻訳文化賞を受賞されました。その母上の九五歳の頃、「ではこれで、家へ帰ります」と、一礼して戸外へお出になるのを、わたしは花崎さんの文章を読みながら、思わず連れ立って戸外へ出ようとする自分を感じました。

なんでしょうね。空にも、闇にも、いのちへ呼びかけてくれる、個を越えたいのちの流れがさわさわと吹くかのように。

幸子さん、また出かけましょう。

茗荷の花

幸子さん

残暑をいかがおすごしですか。八月後半には北上川あたりを歩きたいと思っていたのに、諸用が重なって先のばしになりました。北上からの帰路にあなたをたずねたいと願っていたので、がっかりしているの。

この夏の熱帯夜もつらかった。しかし、やっと雷雨。かなりしのぎやすくなり、昨夜は秋を思わせた。そういえば、庭苔の上でクロアゲハが、静かに息絶えていることも珍らしくなくなってきた。

クロアゲハって青味がかった深い黒の羽が堂々としていて、ペアがくりかえしくりかえしふれつつゆったりと木陰をとぶのね。時には七、八羽がもつれあう。初夏には一羽でやって来ていたけど。夏の間、庭を行き交うの。

見るともなく見ていて、ふと思う。クロアゲハって、あまり広い範囲をとばないのでは、と。宅地の夏ミカンの木などに、青虫時代の彼らがいます。ペアになったアゲハが夕ぐれの日射しの中を、ねぐらを探しながらゆったりと流れるようにとんでいくの。縁先のカエデの葉などにとまって、まっすぐに羽を立てる。この羽、ひらくとわたしの掌より大きいように思えるの。下のほうに、ちらちらと赤味がかったオレンジ色の点が見える。なんだか、そう遠くないところに卵を産みつけている気がする。昨年あたりからぐんと数がふえてきた。夏中こんなに多かったかなあ。数年前など、初夏だけしか見なかった気がするのに。

クロアゲハによく似たアゲハモドキもまじってとぶ。そっくりに見えるので、部屋の中からぼんやりと見るともなく見ているクロアゲハたちには、彼らもまじっているのかもしれません。モドキはすこし小型。

今年はなぜか、庭に蜘蛛も多いの。朝、陽が射す前に、毎日鉢植えの植物に水をやっているのだけど、髪や、時には顔にまともに蜘蛛の巣がかかる。びっくりする。小さな蜘蛛がいろいろいて、体に不似合いな大きな巣を張っていたり、小さな立体的な巣を作っていたり。狭い庭に幾重にもいるのだもの、なぜだろうなあ。天候異変のせいかなあ。これまで、わたしがバケツやジョウロをさげて歩くところなどには、いなかった。今年は洗濯竿にも巣をひっかけているの。生存競争はきびしそうです。蚊さえめったにかかっていないもの。

或る朝早く、カエデの葉先にペアのアゲハモドキが、それぞれ羽をひろげて静かに揺れていた。彼らはこの木をねぐらにきめているのか、夕陽の頃、つかずはなれずひらひらと宙に止まって好みの葉を探す。そして、なぜか、風が吹き通る下枝の葉っぱの先に宿をとる。アゲハモドキは羽をひろげたまま、葉っぱの揺れにまかせて夜に入ります。雨の日も同じ姿でした。

ところがこの朝、カエデの葉っぱの先で眠っているペアの、一匹の羽が、まっしろ。少し離れた葉っぱの先ではもう一匹はくろぐろと大きい。雌雄の別がわたしにはわからないけど、やや小型のほうの羽がしろく光っているのよ。ドキッとした。庭へ降りてそっと寄っても、無色。透明感がある。葉脈のように羽の筋が透けて見える。裏側へとまわって眺めた。黒味を帯びて透けた感じなの。微風にゆらりゆらりと揺れながら、まだ眠っているのか、どちらも動かない。

朝あけの光のせいかもしれないなと、ふたたび前にまわって角度をかえて眺めたけど。朝陽が射す前の、庭のひとときです。下の苔に、別の一匹が落ちていた。黒い羽にエンジ色がかった焦げ茶の模様がぽつりと入っているいつもの姿。上の葉先で眠っている奴と、ペアを争ってくたばったのかしら。

でも、いいなあ静かで。この死は。

羽をつまんで庭の隅の草へ移しながら、いつもながら敬意めく思いが湧く。すぐに蟻たちが食べにくるのでしょうか。わたしはそのままバケツとジョウロをさげて水やりへと動きました。株わけしたシンビジュウムたちは、みな新芽をのばしています。

こうして、やがてわたしはアゲハたちを忘れてしまう。つぎの初夏まで。

ふと思い出す短歌があります。小説『土』などの作者で歌人の長塚節の一首。戦争末期、朝鮮で読んだ。ひとりで。母の没後の夏に。

ほのかなる茗荷(みょうが)の花を目守(まも)るときわがおもう子ははるかなるかも

長塚節は発病して九州大学の附属病院に入院中、これを詠んだ、と記憶しているけれど。でもわたしの母が夏休みの家族旅行中に入院した同大学の病棟と、いつしか混ざりあっているのかもしれません。

茗荷の花って、どんな花なんだろう、と思った。ほのかなる花って、どんな花なんだろう。わたしが生まれる前に、三十代なかばで亡くなった歌人の生涯と、その野草の花がしのばれた。そして戦後数十年たった日本で、とある旅先の裏庭に芽を出しているその花を知りました。株わけをいただいて、炊事場近くに植えた。転居にともなって連れ歩き、今も夏に、ほのかな花が咲く。その芽を刻んで薬味に使う。

なんということもないけれど、わたしの、ふるさと育ての旅の歳月には、川の流れや蝶の姿とともども、こんな野草や野菜とのつながりもすくなくありません。あなたの数多い、手作りの味噌その他の味のように。

ところでこの夏、ベトナムはビエンホア市の女性に、韓国の古都で会いました。新羅以代女性でした。

前の伽耶国の都、金海市で。鮮やかな黄の民族服、アオザイ姿の、すらりとした知的な近

ビエンホア市はホーチミン市にほど近い都市です。ホーチミン市は、旧サイゴン市。多くの支流となってメコン河が流れるベトナム南部。反射的にわたしに一面の青田と、とうとうと流れる大河が見えた。共に浮かぶのは、一九一四年、仏領時代の南ベトナムで生まれ、サイゴンで通学し、第二次大戦中に母国フランスへと留学したマルグリット・デュラス。そして彼女の作品の『愛人』や『北の愛人』でした。

わたしの戦後の日々にはベトナム戦争も、分断されたベトナム民族の解放もそれなりに食い込んでいます。ましてや韓国動乱後、韓国軍隊がベトナムへも派遣された。かつての知人のその体験さえ耳にした。それなのにメコン下流といえば、反射的に浮かぶのはそこで生まれた入植白人の心の世界です。デュラスのベトナムには中国料理の匂いが満ちています。アジア全般に色濃い中国街とその料理の香が、彼女の性愛に立ちこめる。

金海市の知人も語りました。日本人は韓国人と同じものを食べるから、国家ぬきの日本人は親しみやすい。中国人だってそうだけど、ベトナムは亜熱帯だから、サシミなんて食

べないし、食文化の交流がない、と。ベトナムも同じコメと箸の文化です。でもわたしにもあの民族の日常の食卓が見えません。幸子さん、あなたはメコン河流域の、調理の基本もご存じだ。それに想像力が、いつも具体的だもの。地面にびしっと当っているもの。なめてみなくとも、じっとみつめて出来上った一品の素材さえ判断しているのですもの。

そのあなたに、会いに行く。夏の終りはだめでも、なんとか今年。元気でいてね。

しかし夏休みって、老いの坂道にはビシビシひびくのね。暑さや雷もさりながら、幼稚園も小学校も四六時中、休みだもの。一緒に外で遊ぶのは閉口だから、きのうは孫どもと、おはぎを作って遊んだ。なんでも売っていて、おはぎなど買っても食べてくれないけど、「おはぎって、むかしの人は、隣り知らずと呼んだのだって。なぜって、お餅と同じにモチゴメを使うけど、おはぎはね、臼と杵でついたりしないのよ。むかしのお餅は、ペッタンコペッタンコと近所の人たちみんなでついたのだって。でもおはぎは音がしないの。隣りにこっそりと食べるごちそうだったのだって」そう話すと彼らは面白がってアンコを練ってくっつけた。今日は何を彼らとしようかなあ。孫の親もつぶやくの、消費に厭きたなあ、と。

ほんとにそうだよ。あ、蝉が鳴き出した。もうすぐ朝日がのぼる。一日が始まります。
草とりをしようっと。
幸子さん、元気でいてね。

木なのかしら、わたし

幸子さん、夏休みが終りました。たくさんの宿題をわたしにも負わせて終った。まだそんなことを言ってるの、と、あなたが苦笑するのが見える。

でもね、「学校の時間」にしばられている義務教育組織体の子どもらの夏休みはシーズンの全部だし、職業組織体には夏はない。組織人の休暇は私人となる盆だけでしょ。老齢個人をたのしんでいるわたしも社会の波をかぶる。「ただいまァ」と駆けこんでくる孫たちのその声音で、ハハア夏休みね、と感じるの。ドタバタと狭い廊下を走ってくる。幼稚園も義務教育に準じているので園児の孫も小学生の孫同様に、夏休みこそ、まるごと「からだの時間」。

で、わたしも夏休みらしい顔で、「いらっしゃい」と言う。書きかけの原稿なんか、バタバタと消える（遠い昔の、子育て自分育ての頃の習性がそのまま出てくる。何しろ、まだ手書きですからね）。しかし、すぐに、バイバイと彼らは帰る。かと思うと、六年生のほうは、わたしの書庫へ消える。何時間も出て来ない。昼食には顔を出し、三時のおやつどきは、にんまりと出てくる。幼稚園の年長さんのほうは、ソファの破れをこの夏の跳んだりはねたりで決定的にした。しかし彼は、おばあちゃんを彼の世界の仲間へとさそっていたわけで、彼はいろいろと説明しつつ跳ぶ。単なる跳んだりはねたりではないのだぞ、と。わたしには彼の世界が見えない。ついに彼が、やさしく話す。

「あのね、おばあちゃん、書いてあげるから。壁に貼っといたらいいよ」

そのさりげない表情。しぐさ。色鉛筆を駆使して文字を書く。絵を描く。しかし文字は教えてないので、見覚えのままに曲る。色は、跳びはねの、主人公の基本色とその変化の色だとのことで、数種のものが数組。それは今はやりのモンスターたちであったり、彼がつかまえたバッタやトカゲやカエルの一生だったり、宇宙へ飛び出した紙ヒコーキの色だったり、海中のタコだったりするの。

「ああ、なるほど。そうかあ、わかった！　ここは海ね！　さっきのキックは！」

わたしが叫ぶ。部屋ぜんぶを走って。でも彼がやさしく話す。

「さ、こんどはおばあちゃんよ。おばあちゃんの好きなもの。海の中よ。おばあちゃんが好きなのでいいよ。跳ばなくていいからね」

「え！　あの、わたしの？」

「そうよ海の中の、好きなもの」

「え！」

生まれたばかりのわたしの詩が心をかすめたの。しかし、それをどうやって伝えたらいい？

ああ幸子さん、わたしはこの夏休みに、たった一度も五歳児に感動を与えてはおりません。夏休み用の食事を調えながら、わたしの海を戯画化する。五歳児のひろい海へつづけ、と。しかし、「もういいよ、おばあちゃん……」

彼には、何が見えていたのでしょうか。

六年生の孫は、もっと赤裸々に冷たい。しかしこちらの夏休みの、冷たさの内界はわたしにもかすかな記憶がある。思春期への、そして自我との対面の切なさ。他人の出る幕ではない。せいぜい、勝手気ままな心の空間をこのシーズンの彼のまわりへひろげておいてやりたい。それと、おやつをね。彼が時折、ふっとこぼす表情。からだから滲み出しているその無言。言語化以前の、その、ゆれうごき。だまって、わたしはうなずくだけです、心の中で。安堵したり。つらかったり。

そして記憶の底から出てくるのは、だまってうなずいてくれた顔たちなの。いずれも個人。いずれも組織体の中の私人。ああ見えてくるよ。戦争つづきの中でのわが変声期。個人も私人も許されなかったわたしらの義務教育期の中で、社会組織ことごとく男組織でしたね。思春期もそうだった。青年期もなお、そうでした。

しかし、夏休みという私的な家庭生活も、植民地の農村の、現地農民のくらしにはなかった。すくなくともわたしの日常性の遠景のそれには。幸子さんもご存じですよね。植民地での夏休みの登校日に、田畠の道を歩いて目にしたよ、朝鮮人の農家の夏休みを。その少年の労働を。

夏休みという家庭生活。それがやっと終ったという挨拶。それはあの時代の植民の女や母の挨拶でした。日本でこの挨拶を生んだのは、敗戦後の、都市のくらしでしょうね。

わたし個人、大人になってからの家庭暦は試行錯誤そのものだった。夏休みの半分を子どもたちは離婚後の父親のもとへ行っていた。父親がそのつれあいといっしょにわたしのところへ遊びかたがた、子どもを迎えに来たり、送って来たりする。そんな夏が子どもの絵日記やわたしのアルバムに残っています。

あの頃も、わたしは一人ひとりの個人の世界を大切に認めあいたいものと思ってくらしていた。社会にそれはなかなか通じなくとも。そんなわたしのところに自分さがしの旅の途中でやって来て、数日眠る女たちがいた。男も時にいたけれど。それは、「生殖—家族」という制度に不信感を持つ人でした。彼らは職業組織体内の一代主義を生きました。

幸子さん、あなたが語ってくれた高齢の女性が浮かびます。自分ひとりの口くらい自分で養うよ、と夫亡きあとの奉仕人生。二十代で子育ても卒業していた。が、やがてバブル崩壊。一方で老女はわが身さえ養いがたい老いの坂道が待ちうけていたのに、公私ともに準備不足、という話でした。

ね、幸子さん。他人ごとではありません。戦後をくぐりぬけたわたしら世代の女は働きながら自分と子どもの口を養うなど、序の口だった。世間では主婦とか母親とかと十把一絡げで女たちを呼ぶから、むしろたたかいやすくて、苦悩はその呼称ぬきの裸の個体育てでした。が、今やすべての集団も組織体もビッグバンのただなかです。かつていくつかの姓のハンコを持ってなんとか自分らしく子どもを巣立たせたつもりのわたしですが、今は家族別姓など珍らしくはありません。そして老いの日もまんざらではないな、とわたしが思っているのも、こうした家族様式の個人尊重がすこしずつ機能しているからです。「個人尊重」とは、「自分勝手」とはちがいます。他者との共生の原点。「自己実現」とは「他者を受けとめる力量」のことです。ああ、たのしい、と個としての生命にひびいてくる実に多くの、個を個として生かそうとたたかっているもろもろに微笑を返してしまう。夏休みという「学校時間」をもゆさぶるビッグバンの中で。しかし……。

　夏休み明けの義務教育集団はどうしているかなあ。わたしの手元に、一枚のハガキがとどきました。とある中学校の生徒から。ここ二、三年、恒例となっている「敬老の日」へむけてのマニュアルどおりに。そういえば先日、集団からこぼれ落ちてとうとう退校した少女が来た。自分で作ったぬいぐるみを持って。何かしたい、と。公私とも準備不足の時代です。

今日は、あけがた目を覚まして、詩をひとつ書きました。

みえないまま
しらないまま
死のにおうころ
ちらりとひかり

根っこかしら
ネオンのちまた
よっぱらってあるく
わたしのなかに

ながれぼし
のみほした　からだ
アスファルトのほどうに
ねむりこけ

みえないまま
しらないまま
あさぼらけ
ちらりとひかり

根っこかしら
ほねのあたり
ゆらりと
うすらやみに

ささやくの
とけていいよ
くさっていいよ
たべてあげる　と

根っこかしら
しろじろと
いまごろになって
うすくれないの　ほねのあたり

木になりますかあなた
それとも
木なのかしら　わたし
ちらりとひかり

タイトルを「あさぼらけ」とした。
あなたが話してくれた女性へもこの思いを捧げたい。

生きることへの責任

幸子さん、あなたはこの夏、また新たな活動分野を拓かれたのね。二、三人の女性と一緒に。多くの会員をともなって。

九州でも諸方の住宅地に高齢者が目立ちます。つまりはわたしたち世代がまだ生きているわけで、真昼どきにスーパーへ行くと老人客ばかりという感じ。生きることへの責任といった思いが深くなります。

あなたが活動の現場をひろげられたように、高齢者や女たちの活動も、それからNGOの運動も、資金がとぼしくて事務室はおろか、事務机ひとつ置く場を持ちがたい。なんだかわたしの若い頃のサークル活動に似ています。あの頃わたしは家族だけで食事をしたことはほとんどない状態だった。「うちは峠の茶店か」と中学生となった子らにつぶやかれて、家を少年期の者らへ渡し、仕事部屋探しにうろついた。長屋の一軒を借りたり、離れた一軒家で資料や私信を失ったりしながら、自分と同じ悩みをかかえた女やその子らの心の空間を作っていたあの時代に似てきた気がします。あの六〇年七〇年代よりも今は一見華やいだ文明のただなかです。でも本質はかわっていないのかもしれません。

幸子さん、女たちの自分探しの施設の一端を行政がととのえるようになってきています。女性センターとして。それもまだ教えるほどの都市にしかありません。そのせいなのか、連日さまざまな分野で多くの利用者が活用しています。あなたもわたしも折々にそれらの場を借りた国際的な、あるいは地域内でのシンポジウムなどにも加わっています。生きてきた罪の、償いのように。よかれと思って踏み渡った歳月とも重なりながら、今日この文化情況はひろがっているのだもの。表面のゆたかさのもとでむなしさがざらざらとひろがるのは、元気のいい親世代の天地のうすらやみで涙を涸らしつつ骨となる幼児が、そこにもここにもいて、心から消えないためです。

そして、わたしの心の片隅が火を噴くの。人間の欲望と、知的所産と自称する科学と技術との、この蜜月のながさに。このまま二十一世紀へ直進しようとする現代文明。地球上のことごとくを、そして生命自体も生殖細胞をも欲望実現の資材と化してしまう金と知性の国際化。のりおくれると生き残れないと動く企業体と、その中に閉ざされ、かつ、くりかえされる合理化で捨てられる個人。その一人ひとりは公的な自分を先立てながら、私人としての苦悩を解放する社会的な空間を持ちません。戦前から女たちが描いてきた女性解放の願いも、その後の女性学やそしてこの頃声を上げつつある男性学などと、人間解放の願望もまたこの流れに呑みこまれるのは他人ごとではないの。

幸子さん、戦後わたしたちは、ありのままの自分を生かしたくて、見知らぬくにの闇にもぐりこみました。書きことばの中の強者の歴史と話しことばの中の女性蔑視をなんとしてでも越えたくて。ほんとうにお互い、傷つきもし、たのしんでもきた。たくさん友達ができました。みちがえるほどの意識界になってきたよ。

けれども、こうしたわたしたちの日常性の、物質的基礎となる衣食住の技術的開発が、社会全般のくらしを合理化し、側面から女たちを支え、社会的な活動へと押し出したことは否めません。その「開発」が限度を越えた。やがて文化の中心に居座り、個人の能力開発も幼児期から成人まで一本化し、知性も倫理も科学と技術の進展に「随順」しています。
幸子さん、子どもの頃、国家への「随順」が国民の義務だと寝ても覚めても「中央文化」が叫んでいたよね。人間が表現しえる最高の知的指針だ、と。

ね、幸子さん、文明の限界を、人間は知ってきたよ。今は幼児でも知っています。しかし個人も、そしてさまざまな社会組織体も、「一代主義」で逃げている。この文明に対して、有効な働きをする人間的抑制の方法がなかなか育たない。

こうした現状の社会に、わたしたちは生きながら、弱い立場からの発言を受けとめあう関係を育てたいと試行錯誤してきました。あなたはまたその場をひろげたよ。「一代主義」の自己実現へ動くほかない文化の大波の中で。男たちは伝統的に「一代主義」を生き、生命の連続性については時代の権力のまにまにゆだねてきた。公的にも私人としても。「歴史」とは生命の連続性が織り成す人間界ではなく、支配力や家制度や産業等々強者の支配論理の証明だったのだから。個人にとっての子は男の任意のまにまにで。近代社会では男一代の名と財を連続させるべく当人が選んだ個人と組織体が、親と子でした。

父性とは何か、は、今ようやくこうした環境への個的対応として男性の中に育とうとしています。わたしが息子夫妻を敬愛するのは、そんなこと話したことはないけれど、わたしなどよりもしっかりと今と未来をみているからなの。「父権に随順する母性」という図式は、若い女たちの中では卒業期に入ってきています。でもね、そのかわり、家庭内暴力にさらされる妻たちが絶えない。その下でおびえる子ら……。

先日、韓国の大統領金大中（キムデチュン）氏が来日されました。同氏のことは日本からの拉致事件以来見えがたい隣国の苦悩の渦の、核のように、光州事件や死刑判決を経つつわたしの心にもとどいていました。かつての朝鮮生まれという事実が今日までわたしを、こうして生かしてきたわけで、ことばにしがたい思いが湧きます。

ちょうどその頃、わたしにも韓国からの風が吹いていた。かつてのクラスメートの金任（キムイム）順（スン）さんとわたしとの、日本での対談が、今住んでいる市と福岡市ですすんでいました。

金任順さんは韓国動乱の折の戦災孤児の家・愛光園を経営し、その子らが巣立つのと前後して知的障害孤児の家へと切りかえ、学校と作業所と成人した者らのためのグループホームとを愛光園内外に拓きました。韓国での社会事業の草わけなのですが、わたしには大事な友人。彼女がわが子と共に育てた七百余人の韓国動乱の孤児たちは現在韓国の各分野で活躍しています。また、今の愛光園の二百三十余人の子どもたちの、なんと、のびのびと明かるいこと。

度々あなたに伝えたように、共通の思いは、現代文明が追い求めている欲望の充足に対する、人間的な抑制力を自他へ育てること。彼女は信仰だと信じています。が、韓国のキリスト教もさまざまで、彼女はその現状に批判的です。わたしは「自己実現」とは一代主義の完結ではなく、「わたしとは何か」、と自問しながら身近かな他者を受けとめる感性を育てさせたい、とささやかなボランティア。

なんという、遠い道。

だってね、公的立場の勤め人の女はますます多くなる。勤めなくとも、あなたのようにボランティアで国境なしの者もふえる。それでも世界化した技術の進路は、人間社会のゆたかさをめざしていると自称しながら生命界を素材化し浸蝕する。こうした生産現場のその中で、より深く広く生命としての感性を働かす力をと、求めあいはじめたばかり。知性とは何か。それは公人としてのタテマエへの奉仕じゃないですよ。

幸子さん、高齢者は時代の流れを心身に刻みつけた存在です。いわば時流の負の具現者ですよね。人間って、こんなにおろかに体験しつつ、負の資産さえ人類の共同肥料に転化しはじめるまでには時間がかかる。死が見えそめる頃なのね、それは。

今も、明日も?

ああ炭坑の地下で働いた老女の声がする。

「あんたも人間、わしも人間。人間は意志バイ。泣くな!」

あの声。

潮の時間とヒコーキブーン

　幸子さん、きのうはありがとう。ことばもなく別れたけれど。今朝うすらあかりに目を覚まし、天窓から明かるんでいる今日の朝ぼらけへ、思わず、いただきますと心がつぶやいていたよ。無意識のつぶやきに、はっとし、そしてなるほどね、と納得しました。あなたのおこころざしが、くたくたになって帰り着き、ぐっすり眠ったわたしへこんなことばを吐かせてくれた。ありがとう、今日一日をわたしもしっかり受けとめました。あなたのように。お礼を言わずにおれない。

　七日あまりの旅の終りに、あなたに会えた。あなたの仕事ではなく、生ま身のあなたに。泣きべその、あなたのくらしの巣に。玄関のドアの前まで行ったとき、瞬時に感じたよ。

バカだなあ、家の中も他人のシェルターになってる、と。ドアの前に置かれていた袋。わたしにも覚えがありますからすぐに響く。それにしてもあなた、この上ない連れ合いに出会って今日の日まで……。あなたが惜しみなく人びとへ心を注げるのは、あの泣き虫少女を彼が育ててくれたからだよ。わたしは彼に、天にかわってお礼が言いたいよ。

さて、駆けあしの奥羽山脈への旅でしたけれど、あの山並を地元の方々の熱意のままに横断できて、今もなおあの山の背を吹く風がわたしの中にこだまします。天気がよくて助かりました。しかし奥羽山脈と言っても、その南端、真昼山地の山の背です。根っからの北東北の心とその独自性を誇る、地つきの壮年男性グループのご案内でした。あふれこぼれる沢山の思いを、その方々と、あの風土からいただきました。そのほんの一端をこの手紙にしたためます。

幸子さん、二十年ほど前、あなたと幾度となく会いながら北東北や北海道への旅をしていた頃、わたしはいつも空路で東京へ行き、その先へは鉄道や船やタクシーを利用しました。そして東京までの日本海ぞいの海辺の旅と共に海女を手がかりにして見えてきた日本の姿を、『海路残照』（朝日新聞社、一九八一年）や『ナヨロの海へ――船乗り弥平物語』

（集英社、八八年）その他に書きました。海を生計の場とした人びとの心象世界をとおして、にほんを知りたかった。日本という文字にもなお心が屈折しつづけていたから。

　その旅の折に心にかかったまま解決できずにいることは少なくないのですが、その一つに、なぜ奥羽山脈の背中に「善知鳥（うとう）」という地名があるのだろう、という疑問があります。うとうとは海鳥の名です。北海道の沖の孤島に群れ棲む鳥。しかし善知鳥などという文字となって京の都のみやびやかな舞台を経て、諸方へと伝わったのは、これは能の曲名となったためです。言語としては、アイヌ語が起源だとの説があります。謡曲上の善知鳥は、陸奥外ケ浜の漁師が善知鳥を殺した罪で地獄をさまようのです。世阿弥はすぐれた作家だと感嘆します。しかし、他方でわたしは海女漁を手がかりに旅をしてきて思いました。玄界灘の孤島を神格化した宗像（むなかた）女神に身をまかせながら、先祖代々、北は陸奥から北海道は松前半島まで海女村を分村化させた人びとです。そしてその地に宗像女神の社をのこしています。彼女らは能舞台とは無縁だけれど、うとう鳥を知っていました。その海鳥の名が奥羽山脈の中にあるのがふしぎで信じられなかったの。地図の上でみつけていたのです。なぜかしら、と思っていたの。

もう一つの疑問。二十余年前、北への旅のノートを東京の仮宿でひらいていた朝、窓の外を幼い子どもの声が通った。

「ママがおコメがなくなるって。どうする？」「なくなるの？」「おコメ、なくなったらどうする？」一瞬だまった。「そうだ！　ヒコーキ！　ヒコーキがアメリカからおコメ持ってくるよ」「そうだ、ヒコーキヒコーキ、ブーンブーン」「ブーンブーン、おコメおコメ」

わたしは窓をあけたの。黄色の帽子とカバンの幼稚園の坊やが二人、両手をひろげて飛行機になって走ってった。その子らの後ろから、幼稚園へと行ってみずにはおれなかった。コンクリートの狭い庭と電灯のついた二階建ての保育所に、若い父や母がつぎつぎに子を連れて来ては仕事場へ急いでいたよ。

あれから十余年、わたしの孫が幼稚園児となり、わたしへ問いました。「おばあちゃん、今まで何していたの？　おばあちゃんは年寄りだから知らないでしょ。今地球は病気だよ……」

あなたと会っては農薬のことや生協作りのことや女たちのことなどを語り、手探りで試行錯誤してきた。子は育つけど自分育ては遅々としていた。このところわたしの旅は、可能なかぎり鉄路です。あるいは船。せめてその窓から通過地域の姿に会う。

今回の九州からの新幹線は午前中のどの地域でも、人影はゼロでした。田園地域も地方都市も工場地帯も。大人も子どもも男も女も、そして死者たちも、整然とととのっている現代社会の、家屋の中なのでしょう。どの地方も管理がゆきとどいて美しい。町も田も山の植林も、直線でデザインされた見事な合理的管理社会。わたしの住いのあたりも子ども一一〇番のビラを貼った家やタクシーで、心配りをしつつ、集団登下校で子どもの身辺を守ろうと努めています。

ところで奥羽山脈の南端の山里では、戸外で遊ぶ子に幾人か会いました。おばあちゃんとべんとうをひろげている三、四歳の子もいた。ほっとした。しかし反面では託児室もまだともなわない催しが、男性主導の文化事業としてつづいていた。もちろん女性センターにはお目にかからなかった。

でもね、幸子さん、真昼山地のがたがたした山道の入口あたりで「善知鳥」と書かれた棒杭を目にしたの。今回の旅で。何かの史蹟のようでした。秋田県側から岩手県へと帰る山の道を探していたときでした。あっ、と思った。そして翌日、北上川辺の丘陵の縄文遺跡やその近くの安倍貞任、宗任に関連した歴史の跡を、その保存や指定に奔走された方たちににぎやかに案内されてまわりました。平安後期までの海の道がはるばると、鮮やかに見えてくる思いがした。

なぜって、玄界灘の海女漁集落の前の海には、大島と呼ぶ島があり、そこは宗像女神の島でもあり、その島の寺に安倍宗任の墓があるのですから。海をいのちの母国と信じ、祖先代々、潮の時間でくらしてきたと語る宗像海人族。海に生きた男と女の海の道。それは山越えの道とどうつながっていたのだろうと、真昼峠の「善知鳥」の文字がちらつくの。そしてね、幸子さん、宗像海女が近年話されました。「わたしら、代々潮の時間で生きてきたけど、この頃は学校時間が勝っとります。孫たちは海を知らん。スイミング・スクールのバスが迎えに来て、町のプールへ行きよりますバイ」と。わたしにかつて東京で耳にした「おコメ、おコメ、ヒコーキ、ブーンブーン」の声が重なった。感性ゆたかな幼児期、自然を失った大都市の幼児たち。

風になりたや、山のかぜ、里の風。

幸子さん、明日へ向かって吹きたいよ。今にもこのからだはくたばりそうだけど。そんなことは、どうでもいいの。自然に帰るのですから。でもね、箱の中の小宇宙はいやだよ。

ポケットの中の非現実のペットを、商品化する文明よ、くたばれ。

ああ、生ま身のいのちに会いたい。

いのちの素顔と出会う

幸子さん、先便で生ま身のいのちに会いたいなんぞと、あなたに会ったよろこびのままに、欲ばりを言いましたけれど、あれからまもなく朝鮮海峡を渡りました。金任順（キムイムスン）さんに会いたくて。というより、彼女が半世紀近くかかって育てあげた、あのいきいきとした生命感がひろがるくらしに会いたくて。

輝いている幼い子どもたちの表情。少年少女期へと育った子らの、あの笑顔。どの子も孤児でした。韓国動乱当時の孤児にも知的障害児がいたので、愛光園をその子らのホームに切りかえたあと、行政によって赤ん坊の折に金任順さんの手元へ連れて来られたの。そしてここで生活しています。自分では動けない重度の子も半数ほどいます。ゆったりとたゆみなく機能訓練を受けながら、スキンシップで包まれている子のおだやかな表情に、このすべてが象徴されています。

今は子どもたちは二百三十余人。海を見下ろす丘の中腹に階段状に建っている、赤い屋根と白壁の愛光園でくらしています。彼女に頼まれて園を建て替える前に、日本の身障者の施設や学校をいくつか案内しました。ドイツその他も、彼女はまわってきていた。そして今の、ホームと学校と作業所その他が建ち、園児たちは日々、園内の学校へ通い、作業所であれこれと習ったり手伝ったりしながら、それぞれ、自分が好きな手仕事へと進みます。

好きな仕事にめぐり合った子は、たいへん熱心です。そしてどの子も、自分の手作りの品を大切にします。沢山作ってバザーで売り、それぞれの貯金にしてやります。折紙細工、粘土工作、陶芸、織物、木工品、養鶏、茸作り、薬草園、竹炭作り、パン工場やケーキ作り、コーヒーハウスやコーラスや楽団等々、いろいろと体験しながら、遊びながら、わたしなどへもにこにこと握手の手をのばしてくれる。とても成長して、自信を持った表情の子に会うと、ほんとうに胸打たれます。ここに満ちている、職員たち先生たち保母たちの、こころざしの高さに。

育てることは愛すること、愛することは待つことよ、と園長の金任順さんはよく話します。何年も何年もかけて、子ども一人ひとりのいのちへ語りかけているのが、よく伝わってくるのです。

ここには、わたしたちがいう福祉とはまるで次元のちがう人間のいのちとのかかわり方が、日夜たずねつづけられていると感じます。金任順さんが韓国動乱の折にソウルからこの南端の島まで避難して来て、そして戦災孤児へわが子にふくませる乳をわけ与えて以来、いのちを育てる日々が今日までつづいているのです。名前をつけてやり、誕生月を祝いながら。たまたま誕生祝いの日に愛光園にわたしが泊まっているときなど、その月に生まれた子はそれぞれ晴れ着を着て、みんなの歌に祝福され、そしてわたしも短い話などをさせられるのです。金任順さんが通訳してくれます。子どもたちの全身がいきいきと反応する。わたしは思わず、ああ会えたなあと胸がいっぱいになります。人間の素顔に会った気がしてしまう。そしてここには、その生ま身の素顔こそを大切に育て合う精神が生きているのだと教えられる。

親とは何か、母とは、父とは、とわたしは自問します。そして重ねて、社会とは、と。今日の社会は社会人を自称する大人たちの占有界となっています。自然界の資源を素材として文化を開発する。生命界もまた資源の一片となりつつありますし、幼少年者の苦悩を文明の危機としてとらえる姿勢は、まだ闇の中です。

この愛光園が求めつつ育てあっている人間関係作りが、血族社会の伝統のある韓国で、二十代の金任順さんの手によって始められ、苦難に堪えつつ多くの人びとを誘って育ったことを思います。少女時代の旧友の彼女がこうして生き抜いていてくれた。その彼女に十数年前の訪韓の折に再会して以来、わたしは自分がかつて朝鮮で生まれたことの苦しみを、なんとしてでも越えたいという願いにちいさな灯がともりました。

この愛光園の子らのように、わたしもあのくにの風の中で生まれ、外界への素朴な信頼と愛を心身いっぱいにはらみました。そのことが、戦後の日本でどんなにわたしを苦しめたか。苦しむのは当然のことでした。

わたしたちの十代は話し言葉まで「国語」へと統制され、彼女たちは姓名まで「国語」へと創氏改名させられました。その社会と時代の中で、それでもわたしのいのちは感動せずにはいなかったのです。朝焼け雲の広大さに。夕空のいいがたい美しさに。数か月を共にした朝鮮人のクラスメートの彼女たちの、ふとしたしぐさが語りかける民族性に。その無言の意味するものに。目にする未知の、行きずりの、彼らの人間性に。

人間は、本来、外界へ感動と愛を放ちながら育つ生命なのだと信じます。環境となる社会が大人たちの身勝手なルールを絶対化しない限りはどんな時空であれ、子らの自己開発力をはぐくみます。わたしは幼少年期に両親が心を砕いてわたしを、朝鮮の自然と歴史に向かわせ、そしてそのことで、民族性とは何かを客観させようとしてくれたことを思います。

今回の愛光園訪問をわたしは連絡船にしました。博多港からプサン港まで二時間半です。この海峡には鮮やかなシーンが幾重にも重なっています。救命胴衣をつけ、冬の海を大陸から南方へ転送される兵士の中につめこまれて日本へ渡った十代のわたし。あの日の二月の海は荒れていた。海へ身を投げる訓練を若い兵士らと共にした。機雷が流れる戦争末期の海です。下関の桟橋へ上がり、忘れられない青年に会いました。会ったといっても、ものかげからじっとその若者をみつめていただけです。知りつくしているその身体的な表現。

彼らの無言の心の姿です。端正な白い顔。細面の、沈んだ視線。一見してわたしに伝わる、特高警察に足止めさせられた朝鮮人青年だと。大学生です。日本の留学先から故郷へ帰ろうとして、ここで禁足を命ぜられ、桟橋の壁ぎわにうずくまっているのです。わたしの身近かな、兄世代。ちらりと、幾人かの顔が重なりました、朝鮮人中学生の。

幸子さん、ずっと後年のこと、わたしは京都の大学在学中に投獄されて、福岡の刑務所で敗戦直前に亡くなった朝鮮人の詩人、尹東柱（ユンドンヂュ）の縁者の方から、便りをいただいたとき、この日の大学生の顔が浮かびました。じっとものかげからみつめていたわたしの中で、獄舎と重なっていく青白い端正な顔。黒い学生服と角帽。日韓両民族の、同じ世代の魂のうめきが日夜響いていたあの暗黒の時代です。

戦後、年月が経つにつれて、わたしは自分の魂が朝鮮海峡の波の上に宙吊りになっている苦痛を深くしていきました。国家的侵略よりも深く、わたしはあの朝鮮の天地をむさぼった。生ま身の感覚のすみずみまでひらいて自在に、空を感じ樹木の生命を感じ、人の愛を知り、心身を養い育てた。この罪深さをどう越えればいいのか、たずねるすべも見えない。

おろかしい限りです。おろかしさをかかえ、ひたすら自分を育てようと生きた。今回の渡海は、まるで湖。さざ波もなく、ふわりと霧の中でした。島々も影さえ見えない。時折はらはらとしぐれが走りました。そして、ふと、気がついたの。自分がこの日の海を、海の姿そのままに受けとめながら渡っている、と。国境線でもなく、魂の墓場でもなく心静かに。

そして多くのシーンが、心の中の深い姿として静かに浮かぶのを感じていました。

幸子さん、おろかな話をしてごめん。別のことを話すつもりでした。でも金任順さんに会うべく海を渡りながら、ふと、見知らぬわたしが座席にいる気がしたのです。そして、そのわたしのままで朝鮮海峡を渡りました。プサン港は数年前とたいそう変っていました。巨大化し近代市街化した港湾に、荷揚げ用の大きなクレーンが並び、客船は荷を持って長い桟橋をのぼりくだりするようになっていました。

わたしはこの日、彼女にお願いに行ったの。あなたのことを本に書かせて、と。一冊の本に記して日本の、心ある人びとに伝えさせて、と。わたしは彼女の業績ではなく、その素顔を、わたしの心にひびいているそのいのちの姿を、文字とし、印税などといっしょに、旧友へのお礼にしたかったの。こんな形で、自分のからだと魂とを一つにすることができたお礼をすることが可能になったこと、その現在が、ありがたい。

素足がひびく朝

朝からしととと雨。

幸子さん、先日は手作りの咳止めをありがとう。とろりと甘いキンカンを、風邪はよくなったのに仕事休めにほおばって、柚子茶にも熱湯を注いで、ほっかりとして先ほどから朝の庭を眺めています。

きのうは地元の市の第三セクターが運営する文化施設の職員たちの、新年の初顔合わせでした。市民の多様な夢をはぐくむ施設ですから、生活文化や芸術表現の場となる大小のホールや図書館やプラネタリウムその他のある建物や、屋内屋外のプールやスポーツ関係の建物、コート、グラウンド、そしてひろびろとひろがる芝生広場や冒険の森などと、ほっとする心の空間が運営されています。関連する職種も多様です。発足して十年が経ちました。わたしはこの広場に公職として呼ばれて以来、わたしという個に収斂させつつ感じとってきた時空を、そこでは可能なかぎり、市民の内外へとひらくことを自分の役目だと考えてきました。

きのうのささやかな新年宴会は、休館日の午後、六十人ほどの老若男女が愉快にさざめいた。こんなひとときの人びとに接するのがわたしは大好き。肩書も専門職も冬のコートのように脱いで、いのちの素顔が輝く。ほんのひとときであれ、ユーモアを散りこぼす横顔にふれると、つい、われを忘れる。

何年ぶりだろうなあ、このたあいない大笑い。と、そんなことが、帰宅後の孤独な仕事に向き合った時間の、疲れ休めの折に浮かびます。

そしてね、幸子さん、雨を眺めているわたしに、何の関連もないのに、とある男の子の顔が出てきた。

どうしたんだろう。

男の子といっても、幸子さんと女学校で出会ったそのずっと以前のことなの。

今日の細い雨ともなんのかかわりもない。

庭苔の上にさざんかが散っています。一月なかばなのに、春の雨のけはいです。

その子はね、転校した小学校で同じクラスの男の子だった。

わたしは一人で校門を出て家へ急いでいたの。そのわたしに、ふいに小刀を突きつけて立ちはだかった子がいた。何？　どうしたの？　と思った。溝へ落とされた。どうしたの、と、じっとその目をみつめていたの。やがてその子がだまって去った。転校してまもない、五年生の時。

年賀状の中に、当時の小学校時代の坊主頭の二、三人から、これが最後のクラス会になると思う、と連絡とも相談ともつかぬのがまじっていたので、その子のことが浮かび出てきたのでしょうか。

あの子、帰国したかしら。一度も会ってない。全く消息を聞かない。幾人かはそんな子もいると思うけど。

同じクラスの子なのに、話を交した記憶がないの。俊敏な身のこなし。今思うとあの子、父子家庭の子だった。

どうしたろう、あの子。

連想が飛躍してすまないけれど、数年前、とある知人が、生まれ育った九州での小学校時代の友人のことを話しながらその中の何人かは服役してるし、一人は脱走もしたと語った。ふーん、と思ったの。でも、あの子のその後は、わたしには想像がつきません。これが最後のクラス会かも、と連絡してきた一人は東大卒。彼とは東京は池袋で再会して以来折々に会ってきた。もう一人も大学卒業後はサラリーマン。

こんなコースは、引揚げ後の消息の平均的なものかもしれないですよね。しかし焼け野が原の東京をはじめとして、その後の各地で生きのびてきたわたしら世代の、最後のクラス会となりそうな昨今、孫世代の日常には、小刀の切っ先光らせて他人をおどすのは朝めし前。一歩踏み込んでいるのだもの、切ない。

刺したり、殺したり、自殺したり。

わたしが小刀で溝へ落とされた当時は、大人の世界がそんな状態でしたよね。何しろ戦争中の朝鮮でのこと。でもあの子を父子家庭の子だと感じたのは、当時住んでいた新羅の都・慶州の、慶州神社と呼んでいた社の前を、あの日も一人で登校していた時だった。

あの子が、チラと見えたの。神社の向こうの細道に。何かをかかえていた。鍋か、何か。茶碗より大きかった。

その背後に、父親。なぜ父親だと思ったのだろう。

それだけです。

登校時間の、朝の光が射していた。その中での、あの姿。神社の木立の向こう側の細道に出てきた。労働者ふうの、三十代の男が背後から、彼へ雑な言葉を投げた。その時は何も意識しないで、すたすた歩いたのよ。あのあたりから校門まで、子どもの足で、さあ、十分ほどだったでしょうか。

無意識界のことが、長い年月を経て、意識にのぼることがあるのね。今思うと、当時、肉体労働者だと級友の親を感じたのは、あれっきりです。「内地人」と呼んでいた日本人のくらしの中で。身近かな友人の大半は親は官吏でした。あとは陸軍の将校たち。

雨がしとしとと降りつづきます。

あまりに細く、まっすぐに降るので、小鳥たちも気にならないのか、姿を見せはじめました。葉っぱの中をチョンチョン動くのはメジロ。根っこのあたりを低く飛ぶのは、あれは、なんでしょうね。雀より大きい。きのうの夕方、水蓮のちいさな鉢で水あびをしていた鳥です。

幸子さん、戦後のくらしの中で、わたしは母国さがしに多くの時間をかけた。そして閉山当時の炭坑地帯の老女たちの生き方の独自性と先進性に感嘆して心を寄せた。女性問題の先駆者たちでした。文字とも縁のないあの暴力横行の地下労働で、一人ひとり、なんと厳然と生きていたことでしょう。『まっくら――女坑夫からの聞き書き』（理論社、一九六一年）『まっくら』（新版、現代思潮社、七〇年）『まっくら』（新版、三一書房、七七年）と、同じ聞き書きのちいさな本を、折々に少量出版していただいたのですが、そのわたしの意識下にあの子の姿があったのかもしれませんね。今朝になって、そんなことを思うの。わたしが戦前戦後をとおして意識してきたのは、朝鮮人の男の子の視線です。夏休みもなく田んぼの中で働いていた子の。「労働」現場の視線。「民族」という視線。「性」への侮蔑のあの視線。

それらとまともに向き合えるわたしを生きたいと願って、今日まで来たけれど。

でもね、同じ小学校にあの子もいたのよ。

おろかなわたしです。意識下に、あの父子像があったかもと、今ごろ意識するとは。あの頃、刃物をふところに抱いていた子どもはどこで遊んでいたのかしらね。あの子の、教室での記憶がわたしにはない。近くの川にも。砂場にも。

ところで、話はまたまた跳んで申しわけないけれど。つき合ってください。昨年の春でした。インド出身の女性に福岡で会ったの。とあるフォーラムで。ガヤトリ・C・スピヴァックさん。一九四二年、インド西ベンガル州カルカッタの生まれ。カルカッタ大学卒業後、大学院からアメリカへ留学し、その後定住された人文科学教授です。著名な学者。ポスト植民地主義についての発想など、共感することが多々ある方でした。

この女性がサリーを着ていらしたの。日常着ふうのサリーです。バングラデシュに立ち寄って福岡空港に着いたばかりとのことでした。脱植民地過程のアジアで消滅へ追われるインド国境の少数民族を中核として話をされた。わたしは日本北方のサハリンからシベリアへかけての脱植民地過程の一端までに、以前入手していたニブヒ族の女性の録音テープを、みやげにと届けました。

そして今、心に響く。あの日の彼女の素足が。わらじのような履物の。カルカッタ社会でのハイクラス出身者の彼女の、その意識下にひそむものは何でしょうね。

幸子さん、アジアが感じられる。

カルカッタの市街で、朝早く、路上で眠る人びとや、ゴミ捨て場にうずくまって野豚や野牛と食べ合っている大人や子どもを目にしたことがあります。もちろん彼らはみな素足でした。そのヒンドゥー社会から追われつつ、独自の言語すら失う少数民族の、少数者の目。幸子さん、なんだか見える気がします。

ほかでもない、繁栄する日本に。

わが身の近くに。

さあ、キンカンの甘露煮よ、元気を出そう。

働くことは愛すること

幸子さん、奇妙な感じなの。なんだか、わたしの何かが、はらりと散った。あれ以来。
何だろう……、感覚の中の、何か……。

そのあたりのことを、すこし聞いてください。金任順（キムイムスン）さんと日本で会って、一緒に九州の障害者の施設だとか養護学校だとかをおたずねしたり、共にテレビに引っぱり出されたり、と、そんな交流は、ここ十四、五年の間に何度もあって、わたしの日常の中に溶けこんでいるの。韓国の愛光園に彼女をたずねることも、連絡船で行くのは数年ぶりでしたけれど、空路は三十分ほどですからね、しばしば。そして韓国の友人たちとも。彼女に限らず、老若男女のなつかしい人や、仕事を始めたばかりの若い世代の人などとも何かと交流がつづいている。ずいぶんわたしは助けられているのです。

ところで先般、世界人権宣言五十周年記念として彼女との対談をわたしの住んでいる宗像市で終えて、翌日、福岡市の女性センターで、これは日韓草の根交流をテーマに金任順さんと話したのね。金任順さんはその数日前から来日していて、福岡市の小学校と彼女の愛光園のすぐ前にある初級学校との姉妹校締結式だとか、愛光園自身の用事だとかあれこれの仕事を終えて、そしていつものふっくらした友人の表情で対談にのぞんでくれた。

その彼女から、二、三年前にわたしはチマ・チョゴリを仕立てていただいていたの。妹さんの末順（マルスン）さんと一緒に。末順さんは愛光園の重症児たちの棟の責任者です。愛光園から見下ろせる港ぞいの町並の一隅にある店で、いろいろと彼女達姉妹が布を運んではわたしの肩にかけて、そしてぴったりと体に合うように仕立てさせてプレゼントしてくれたの。濃い黄色の鮮やかなチョゴリ。白い衿と胸で結ぶ長い黄色いリボン。短い上衣丈。袖の曲線と袖口の透明な刺繍。胸元からひろがる濃いエンジ色のチマは腰に細く巻くことも自在な、広い布の波です。白の肌着もそろえて、姉妹から賜られた民族伝統の衣服。華やかで静か。

わたしは仕事部屋の壁にこれを掛けていました。たのしい日に着ようと。わたしが住む宗像市は韓国の古代伽倻(カヤ)国の首都金海(キムヘ)市と姉妹都市関係を結んでいます。市民の交流もハングル講座のサークルも地道につづいている。両市の市役所もそれぞれ数か月間の派遣職員を出し合ってお互いに学び合っている。金海市にはプサン空港があり、愛光園がある巨済島(コジェ)にも近いので宗像市からの派遣職員に、わたしは愛光園を訪問してもらったりもしています。金海市の農楽団が来てくれたり美術の交流会があったりとか多様で多面的な人間的なつきあいもできているの。それに市内の大学には留学生もいますし、ね。こんなのは幸子さんの日常のほうがより濃いですよね。ともかくそんな感じなのでいつかあのチマ・チョゴリを着て人群れへ、と思ってたのしみにしていた。

そのチマ・チョゴリを金任順さんとの夜の対談で着たのです。それ以来、わたしの中で何かが散った。消えた。その時もその後も気付かなかった。でも、あれから数か月経ちました。今そのことを意識しています。

ね、幸子さん、宗像市での対談を終えて、宗像の海辺で任順さんと海に落ちる入り陽を眺めた。古代からのアジア海人族の海。わたしへ海女たちが海の話をしてくれたその海辺。

ふと、明日の福岡での、草の根交流の場でこそチマ・チョゴリを着よう、と思った。ね、そうでしょう。もう、あとがない年齢です。

翌日、福岡市の女性センターで三人が着替えた。金任順さんと、在日三世の若い女性でチャングの会を作って活動している吉本和子さん、そしてわたし。

日韓併合に抗して故郷を出て、アジア大陸で独立運動に加わったり、アメリカで学んだり、京都の大学で在学中に捕えられて福岡で獄死したりという血族縁者のここ百年を心身に刻んでいる金任順さん。祖父母世代の折に祖国をうばわれ日本で生まれ育ち、九州大学卒業前後に愛光園をわたしと共に訪れたあと、チャングの会を作った和子さん。そしてわたし。金任順さんはわたしが彼女からのプレゼントに着替えているのをみて、なんにも言わない。だまって白いチョゴリと深い青のチマに着替えると、女性センター内を見学すべく職員に案内されて静かに部屋を出た。

わたしは着替え終えて、ほっと心がくつろいだ。着馴れない衣服なのに、ゆったりと何かが広がる。国家や社会や政治ではありません。民族でもない。もっと、広く……。

チマ・チョゴリをわたしは少女期、中年期、老年期とそれぞれ色彩の違うものを着ました。これで三着目。着たのはこれで数回。一度は女学校一年生の学芸会の折。何人かが舞台の上で踊った。キモノや民族服で。テーマは「五族共和」。太平洋戦争はアジア五民族の上に大東亜共栄圏を作る聖戦である、と軍部は指令を発していた。なぜわたしはチマ・チョゴリにしたのか。太平洋戦争が開始していた。観客から笑われたことを覚えています。二度目は敗戦後、亡父の代りに慶州中高等学校三十周年記念に招待されたときに兄世代の卒業生有志たちからいただいた。淡いピンクの花柄の上下です。それを着て、彼らと巷を歩いた。料亭でくつろいだ。ハングルの勉強を九州大学の初回留学生の、同年の男性から習って二年目だった。店の人はわたしをイルボンサラム（日本人）とは気付かなかった。韓国の兄世代からからかわれ、韓国語が話せるから放って帰ろ、と言われた。答える言葉がわからなくて、ひとりなんてさみしい、と応じた。ワハハハと彼らは連れだってくれた。そして帰国して在日二世の結婚式にその服で出席しました。

あれから二十余年。三着目のチマ・チョゴリをなんの気負いもなく身につけて、自然な思いで会を終えたのは、金任順さんが韓国動乱以来しっかりと踏み渡って来た、孤児たち千人を育てた日々のおかげです。その心くばりの深さが会場に広がっていったからです。

わたしがチャングの会の演奏に思わず踊り出してしまったのは、あの半島に響いていたこころざしの高さが幼いわたしをくりかえし包んだときの感覚が、痛みを伴うことなくよみがえっていたからでした。ほんとに、風のように……。

そして、いまになって気がついているの。何かが変ったなあ、と。説明はむずかしい。

幸子さん、泣き声が聞こえるよ。いのちの母国を探す細い泣き声。植民地主義の時代を脱した諸民族の人びとが、自らの祖国を築こうと血を流しています。そのきしみ合う民族混在の時空を資源の海として投資による収奪が進んでいます。先進国を自称する民族の国家観なんぞでは救えないと感じはじめているのは、地球市民である庶民たちかもしれません。とくに、子どもたちです。他人ごとではない。

今朝、金任順さんから電話が入りました。わたしがFAXをいれていたのを、ソウルから帰ってようやく読んだ、と。彼女から相談を受けていたの。コンニャクイモが園の裏山で育って三年。手作りコンニャクを園の孤児たちに教えたい。作り方を教えてほしい、と。

働くことが無意味な、消費社会は彼女のくににもひろがっています。ましてや食べ物を素材から作るなど。それら動植物の工場生産期に。しかし彼女は園の子らに商品を作らせたいわけではない。知的障害孤児の一人ひとりに生きることのよろこびを持たせたくて、手作りできるものを園の内外にこつこつと育てているのです。なぜなら、園児はみな個性を持っていますから。働くよろこびを持てないかぎりは、いのちは牢獄となるからです。

わたしはコンニャクイモさえも、見たことがない。友人たちに問い合わせて、きのう県内の田川郡赤村の農協婦人部長をしている友人の中原弘子さんから金さんと一緒に泊りがけでおいで、教えるからと声がとどいた。いつか蛍を見に行った夜、眠らせてもらった筑豊の山間の村です。

働くことは労働とはちがう。それは愛することだよ、いのちを。幸子さん、あなたのように。働くことはいのちを愛すること、いのちを耕すこと。働く文明が欲しい。

追いつめられる個人への愛を

幸子さん、あなたからお借りしていた書物を近くの郵便局からお返しして、そのまま家へ戻ると寝てしまった。あれやこれやと重なっていて、少々くたびれていたのでしょう。昼間に眠るぜいたくを致しましょうと寝た。あなたはいつ眠っているの？　電車の中かなあ。あなたに会って以来、気がかりです。もう少しわがままをしなさい、食べ物作りは家族の分だけにしなさい、と、寝床でぶつくさ言っていて、いつしかとろとろ。目を覚ましたのは午後五時近かった。おや、数十分しか眠っていない。でもすっきりしていたよ。これはおすすめです。ああいい気分になった、朝のようだよ、とのんびり起きた。

起きて、郵便受けに夕刊を取りに行って、しまったと思った。「手作りコンニャク」が入っていました。名刺に添え書き。ご賞味ください。あと一か所の手作りも、また、いずれ、とある。

身近な友人たちへ、金任順（キムイムスン）さんが愛光園の子ども達とコンニャクイモを育てているので手作りの方法を知りたがっていること、そして赤村農協の婦人部から連絡が入ったことなど、幸子さんへ伝えたようにこの友人へも伝えてある。ですからこれは別の用件です。出張の途中に寄ってくれているのです。数十分とろとろと眠った、なんて。感覚がにぶっているだけだ。そういえば何か聞こえた気がするなあ。

こんなぐあいの、今日です。先日、市内のコンニャク店で粉末からの作り方は習った。コンニャクは大半は水分かあ、と知りました。雲南省の山の中で手作りナットウや手作りミソなどの壺が並んでいたのを、思い浮かべたりした。日本でもミソ、漬物、コンニャクなど、近年まで家庭で作っていたと話だけは残っています。

なんにも作らなくったって、今はなんでも買えばいい。俎や包丁も生活必需品ではなくなり、便利になった。糸と針もいらないし。ミシンも不要。洗濯物を干すのが手間なら、乾燥機もある。家も車もあるし墓もある。手軽に海外への観光にも行ける。いずれ宇宙へも。

ね、幸子さん、あなたが貝杓子の話をして九州を離れたあと、わたしは畠作りをはじめました。手当たり次第なんでも作った。戦後の住宅地で。近くの農家の方に教えていただきながら。学生だった弟に死なれ、子を産み教職を去りつつ作った。どこへ移っても。

しかし、食べる目的で作ったというより、心の痛みを越えたくて食べ物を作ってきた。食卓だって、貧しいものだったけれど、家族だけで囲むことは少なかった。わたしは家を出てさまよう者のとまり木だ、と働いてきた。未知の客への食卓のために。

そんな暮らしの中で気がついたことがある。炭坑離職者が他県や海外へ去ってしんかんとなるにつれ、ぽつりぽつりと手仕事が薄れてゆく。電気器具がふえる。

たとえば、セーター。わたしは酒飲み達と遊びつつ編んだ。子や自分の服を作るのも面白い。ふとんも縫ったし。巻きずし。マヨネーズ。ギョウザ。ドーナッツ。ただし魚はイワシさえ切りがたくてその目にふきんをかぶせて切る。染色はたのしい。玉葱の皮で染めたり。掘りゴタツくらい自分で作れなくてはダメですよ、と、あれは戦後の女子大の女教師でした。で、今住んでいる家の掘りゴタツは、娘ムコどのが指揮者となっての家族の手作り。ボスボスと出刃包丁で畳を切って。万事便利になり働くことのたのしみが薄れるからこそ、働いた。

身のまわりから、わたしの働く場がうせる。農家の人の働く場を奪われる悲しみが、いつしかわたしの心に溜まる。溜まりつつ心が飢える。飢えつつわが心へ言い聞かせる。ぜいたくを言わない。畠もやめなさい。染色などよしなさい。書くぜいたくがあるでしょう。すべての者が食べられるはずよ。労働力を社会化し生産を世界化し、女も農夫も自己実現を。

ね、幸子さん、かつてわたしたちは働いたことがなかった。わたしは敗戦の前に「内地」へ留学して、そのまま戦後社会を生きました。何よりこわかったのは、働く人です。電車の車掌、畠の人影、道路工事や郵便配達や商店の人。学友にそっとたずねてしまう。あの方もにほん人なの、と。わたしはかつて靴下のつくろいなどを、イルボンサラム（日本人）がするのを見たことがなかった。

では、何をしていたか。三十代なかばで死んでいったわたしの母なども、活け花を教えていたほど、都市は近代化された階層社会だった。その中で、女も日に三度の火を起こすだけではだめだよ、社会的にいい仕事をせよ、とわたしへ話した父は四十二、三歳。ぼくらはここで少数民族を考える塾を開きたい。きみはどこで生きてもいいが、社会的にいい仕事をしなさい。母のことは心配するな。そう父が言ったのは、がんで母が亡くなる枕元でのことです。

母を看護する派出看護婦。台所仕事の朝鮮人の女性。母の話し相手の少女もいてくれた。わたしは勉強のため他市で下宿中。

幸子さん、同じ時代を金任順さんも生きてきています。あなたもご存じの両班（ヤンバン）階層ですから、家の伝統はきびしい。男女七歳で別家屋の時代でした。解放後、次世代を愛しつつ手を汚して働いてきています。彼女との交流を、今、一冊の書物に記している最中です（『愛することは待つことよ――二十一世紀へのメッセージ』藤原書店、一九九九年）。彼女にも下書きに目を通してもらった。あやまりがないかどうか、こまかなチェックをしていただいた。なぜなら、これまでわたしが何より大切にしてきたものは、個々の心の聖域です。侵してはならないものがある。たとえ強力な支配権力が侵しつくしたつもりでも侵しはできない聖域がある。親子嫁姑間であれ。支配権力と被支配者間であれ。男と女の性関係でもそうです。権力に暴力はつきものだから、強者が弱者を殺すのはたやすい。が聖域不滅の認識は、強者にはむずかしい。わたしはそれをまざまざと、かつて坑内労働をしてきた母世代の女たちの心の輝きによって教えられました。

金任順さんも血縁一族や、夫の一族に幾人も、大日本帝国の権力と暴力によっていのちを奪われたり失ったりしています。『空と風と星と詩』の詩人尹東柱(ユンドンジュ)も、彼と共に福岡の獄舎で亡くなった尹のいとこの宋夢奎(ソンモンギュ)も、わたしが転校した金泉(キムチョン)女学校があった町、金泉と無縁ではない。

わたしは追いつめられていく者の心のうちを、父母をとおして十歳前後から感じつつ育ちました。何しろ「内地人と朝鮮人」の内鮮一体の公立中学校長の公的立場と私生活です。「前と後ろから」いのちをねらわれていることを、わたしは父から告げられていました。塾のことなど口外できぬことは熟知していた。その親が、金泉の中学校長へと転任。朝鮮民族による創立校だったのです。前校長をふくめ三十余名を投獄。その後へ転任を強要された。反日の拠点校でした。金泉の女学校へわたしも転校して、彼女をはじめ創氏改名をした朝鮮人のクラスメートと数か月机を並べました。金泉でも父はしばしば夜半、私服刑事に呼び出された。その留守中に裏口に火を放たれた時、わたしはすぐに消すことができました。一人起きていて受験勉強をしていたから。火を放った人が感じられた。今も、心に見える。

幸子さん、わたしたちは親から、民族と性の、自由と平等を家庭の教えとして育ちました。それはどのような時であれ、追いつめられる個人へのひそかな愛を育てよ、という親の思いでした。

今日この頃、追いつめられる幼いいのちが気にかかる。幼い子ばかりではない。小中学生や高校生、二十代、三十代の若い人がわたしのような年齢の家などへも相談にやって来る。保護者と一緒だったり一人だったり。または毎月何かしらの矢を放つ人もいる。毎月が毎週になったりする。放たれる矢の一つ。なぜ、あなたは生産し労働するのですか。詩とか、エッセイとか、そんなもの、ゴミでしょう。それは罪でしょう。人間のエゴでしょう。

飢えているのです。資源浪費型文明の底で。働くことを閉ざされて。働くことは労働力の切売りとはちがう。それはいのちを抱くこと。心と体を動かしていのちをしっかり受けとめること。心の聖域をみつめあいながら食べ物を作る働き。幼い子が土だんごを作りながら鼻うたをうたうように。誰へともなく作りながら心満ちているように。ね、幸子さん、土だんごを作る空間が物流に侵される。

わたしと出会う

幸子さん、二年前のこと、あなたへのこの手紙を、わたしは詩の断片から書き始めました。

風かとおもった
わたしですね
みしらぬわたしなのですね

しってるつもりのわたしの歳月
ブナ山の峰のしぐれと降りこぼし
みえないわたしと同行二人
……
吹いているけはい
風かとおもった
ふりかえってもみえないけれど
わたしですね
みしらぬわたしなのですね
……

以来今日まで、くらしの中の雑事の片鱗を書き送りました。それは初めの便りに意図することなく記していたのですが、それまで、わたしの人生の苦難の折々も「使うすべなくからだのどこかに閉ざしていた」何かが、内側から心をノックするせいでした。いつしかそれを意識させられ、朝の目覚めの頃ほのかに感じとる。今生まれたいのちのように。まだ使われたことのないいのちの水でも感じるかのように。そして思います。わたしという個のからだへも流れていた、いのちのエネルギーのことを。個を超えているそれを。

そののびやかな外化をこそ、からだは望んだのでしょうけれど、わたしはそれまでただひたすら、弱小な立場をも受けとめる考え方をと、社会生活の現象面との接点を探してくらしてきた。

気が遠くなるほどはるかなはるかな過去から、今日までいのちを生かしつつ明日へ向かうエネルギー。そのかすかな熱量を燃やすだけで十分だった個体たちが、今、ゆらぐ。赤ん坊から死にゆく者まで。国家を代弁する者からわたしのごとき放浪者まで。民族の別なく。幾代もの個体の生死を重ねてきて、この二十世紀末、資源浪費型文明ですっかりちいさくなった地球の上で。

この春先のこと、朝陽が明かるい戸外へわたしは封書をエプロンのポケットにいれたまま、のんびりと出て行きました。通勤の車も通学の者たちも坂を下って行き、ひとときの静けさが住宅地の舗道にひろがっていました。しきりに鳴くのはヒヨドリかな、と声のほうへ目を向けたとき、坂を登ってくる人影が目に入りました。

ドキリとした。知っている人でもなく、朝陽を背にした人影など見馴れているのに、その朝の坂を登る前こごみのからだが、何かを探している。その何かがまっすぐわたしへ跳びこんだ。ドキリとして走ってポストへ投函し、家へ駆けこんで机の前で固くなった。

そして自分をなだめました。よしよしおまえはまだ病人なんだね、大丈夫だよ。大丈夫大丈夫。いい天気だよね、今日は……。

と、やはり。ほら、玄関のベル。未知の紳士がスーツケースを提げて、こちらに作家の……と問われました。どうぞと招じ入れながらすっかりわたしは落ち着きを取り戻していました。初対面の初老の紳士は、わたしの目にも、今は平常とは感じとれないのですから。しっかりしなくては、と自分へ言って茶を出し、話をのんびり聞こうと決めました。

幸子さん、あなたもいつぞや、これに似た話をされた。家庭内暴力被害について、その加害者の男性のことを。定年退職後の、もの静かな、そしてちいさな事業所を開き昼間はそこへ出ているはずの……。

朝のその客は関東の人でした。定年退職を機会に詩を研究している、と熱心に話されます。別にわたしが相手でなくともよかったのだと思います。自分を受けとめてくれる社会さえあれば。が、これまでの彼の地位とか家族とか、要するに従来の人間関係とその価値観、が崩れたのです。

なかなか雄弁。ここに住みたい、とつづく。それとなくご家族をたずね、連絡先を思案しながらのんびりした雑談へさそったりして電話番号を知りました。やがて、昼食をすすめて一息ついておられる折に、ご自宅へ連絡しました。ああそんな遠くへ、と受話器の向こうで泣いておられた。

これは一例です。幸子さんが日常的に接していらっしゃるように、さまざまです。定年後とも限りませんし、性別も、年齢もかかわりない。それまでの関係を失ったり、あるいは自分で断ったり。暴力をふるったりふるわれたりしたあげくに、さまよう。

ひとりでさまよい出るのならいいのですけれど、そば近い他人がじゃまになる。他者を受けとめかねるままわが子を放って死なせたり。殺したり。そして自分の場を求める。

わたしがこの客のことを書いたのは、あの朝、何の予備知識めくものもない来客の、その朝陽を背にした小暗い動きから、あのように強烈な波調が発散していて、わたしを刺したことを思うからです。それと似たような人影を巷で見かけます。うつむいてベンチに腰をおろしていたり泣いていたり。大人にかぎらない。

幸子さん、どう話せばいいのか、うまく言葉になりません。

モノと情報の氾濫にわたしたちが左右させられることなく、働くことが生きることを感じさせるほどの、モノと人とのかかわりのあった頃、幼児たちにはその心身を受けとめてくれる大自然の空間がありました。そしてね、思いっきり遊べたの。

幸子さん、あなたもわたしも悲観論者ではありません。あなた方の「フォーラム・E」は地道に活動の場をひろげていらっしゃって、うれしいです。いつぞやは、あなた、骨折した脚を車椅子で舞台へ運んで劇の一役をしたといったけど、もうしばらくは、からだの声を聴いておくれ。頼みます。そしてね、あなたのことをお母さんと呼んでご一緒に活動の場をひろげている若手、といっても、さて、年齢が読みとれないなあ。でもともかく、朝ぼらけにしばしば「見知らぬわたし」と出会うような年齢ではありませんよ。しっかりと、きのうの自分の延長線上を日々歩んでいると感じとっているからだ。そんな感じのお仲間へ、時々は心から甘えておくれ。お願い。

あのね、わたしがある新聞の「自分と出会う」という老年者の心の欄を依頼された時に、このことを書いたの。

「ある朝ぼらけ、あっと思った。見知らぬわたし、今生まれたわたしがいます。しびれがひどくて、リューマチは眠っている間に全身をのんびり歩いているのでしょう。体はこわばっているのに何かが、ちらちらと泳ぐ、いきいきと泳ぐ。

和ちゃんおはよう。わたしは心で声をかけました。今生まれたのね、なんてちいさな。魚のような……知らないわたし……。今日のわたし、おはよう。挨拶をした。痛む体を起こす。そしてようやくのこと、わたしは気がついたのでした。わたしにとって納得のいく自分に出会うことはどういうことなのかを。それは生まれたままの裸のいのちへとくりかえし帰ること。それら裸の生命界とひびき合っているものへ目を覚まし、きのうのわたしとさよならをして日々歩く。さ、起きましょう、今日のわたしへ、なのでした」と。

そしてね、幸子さん、目覚めて起き出したわたしは、やっぱりあなたと同じように、なかなか今日のわたしとは歩けない。きのうのつづきをやるの。そしてね、老人老女の世間の概念を越えることの大切さを思うの。からだはぼろぼろになりながら、やっと見えてくる世界。そうですねえ六十代では無理かもね。あなたへわたしは心から甘えなさいなんて言うけれど、その方法がみつからない。いきいきした、でも、ちいさな生まれたばかりのわたし。先日とある集りで話しながら、くずれるように倒れた。意識も言葉もつづくのに。ね、書くことは簡単。共に生きあうのはむずかしい。他者を受けとめる力を育てあいたいと願いながら、きっとわたしは、ただの一度も他者としての高齢者が出会っている、その日のいのちの声が聴こえていないままです。そして今のわたしへと歩いてきているんだよね。そしてやっと七十代の坂道を行くにすぎない。

幸子さん、あなた、きのうの電話の声がね、その話の内容じゃないよ、その内容をたのしくしゃべる声の、そのからだがね、ささやいた。お願い。互いに、「からだの声」を聴こう。そしてたのしい男と遊ぼうね。

ところで、こんな話を別の町でしたの。そしてその世話人たちとの酒の座でたのしく遊ぼうとべたべたくっつく男がいた。ああああ、悲しや。自称活動家。性とは、いのちとは、とお互いに自問しながら、一代主義の利を追うことなく、いのちの連続性を考えあいましょうと、わたしの若い日に体験した性暴力での仲間の死を例に、心をこめて話したのに。でもたのしい男性もいてくれて、たのしく遊んだよ。

が、あの日の集りで、ふと気がついた。とある少女に。幼い頃から、母親へ暴力をふるう父親におびえた記憶のまま、登校できなくなった少女。あの子が母親と一緒に片隅に来ていたの。わたしは話など止してあの子のからだのそば近くにいたかったよ、からだの声がただよっているあの空間に。

なぜどこへ行っても、こうした少女や母親が目につくのでしょう。幸子さん、わたしは京都で長年精神科医として勤められたあと、夫妻で医院を経営しながらユニークなつどいの場を患者たちと持っていらっしゃる方を、先日おたずねしました。会報は常々いただいています。でもその若い患者さんたちとのふんいきを直接感じとりたくて。

また、折を得て行きたいと願っています。

一代主義を越えて

幸子さん、いつぞやなんじゃもんじゃの木のことを話しましたでしょ。辞書に「その地方に珍らしい樹種や巨木をさしていう称。クスノキ、ヒトツバタゴ、バクチノキなどである場合が多い」とあったことを。そしてバクチの木とは暖い地方に生えるビランジュ、ビラン、ハダカギのことと記してあったことなどを。そのバクチの木が、なんと、わたしがこのところたのしく遊んでいるボランティア仲間の男性たちの集落の社にあったの。隣り町なの。へへえ、とびっくり。遊ぶことなしには気づかなかったなあと彼らに感謝した。

そしてね、ふと思い出したの。あのつらい日々、折にふれて海辺へと歩きながら、その木がある町の中で一人の修験者とすれちがったことを。まだ車など走らぬ港町だった。

家々に何かのおふだを渡しながら歩いていた。近くに経塚があった。山頭火が泊ったという格子窓のあるちいさな宿があった。リヤカーや魚箱が道をふさいでいたよ。魚が匂う。

今はすっかり様子をかえている港町。玄界灘の波が寄せる町。いつかはこの海を渡って、あの半島で生まれ育った自分の過去を詫びに行きたい。詫びることができる自分を育てたい。そう願いながら浜辺へと一人で歩いた。修験者も一人で歩いていた。おふだを受けた人たちが、今年も……と何かお礼を言っていた。台所のかまどの所に張るおふだかな、とちらと思った。小学校の先生が教室での紛失物を祈禱者に拝んでもらいに行っていた戦後の時代でした。

そしてその頃わたしの家にいろいろな人が立ち寄ってくれていたの。女たちが。その一人に十代後半の女性がいた。赤ん坊を母親に預けて来たと挨拶をしたの。わたしは思わず言っていた。あなたはここまで来れたけれど赤ん坊も一生懸命に、この人の世に何かを探し求めているのよ。すぐ引き返してご一緒にいらっしゃい。そんなことを。受けとめる体力も最低の頃だったのに。息子が「うちは峠の茶店か」とつぶやいたので、旅の客たちを泊める部屋さがしの最中だったのに。ところが彼女、一旦東京へ戻るとにこにこと子連れで来て、そして近くのどこかでくらしながら、半病人のわたしの枕元へ煮物を運んでくれた。その女性が、何の関連もないのに、バクチの木のことを教えてくれた勤め人やその同僚や障害者施設の世話をたのしんでいる男性女性と、韓国愛光園の子どもらの修学旅行のことと重なって浮かんだ。今は立派な看護婦長。関東でくらしています。

ね、幸子さん。生きているといろいろと出会いがありますね。その恵子ちゃんが来てくれた三年後の秋だった。平川和子さんが寄ってくださった。わたしの子らもそれぞれ親離れをしたのに、あの仲間の娘の死があらわにした社会一般の性観念はなお深い。わたしは維新前後から海外へと売り出された少女たちの足跡を、地方発行の古い新聞やその郷里へと追っていた。そしてようやく『からゆきさん』（朝日新聞社、一九七六年）を出した頃、東京のとある集会で和子さんに再会。あらあなた、生きていらしたの、とわたしが言ったとその後に彼女が話してくれた。その和子さんと昨年京都で会ったの。一緒に泊った。静かな宿で和子さんの心身からひしひしと伝わって来たよ。セラピストとしての落着きと責任感。その行動力の奥深くからひびいてくる、いのちへの悲しみ……。

わたしは嬉しい思いで彼女が仲間の女性たちと企画された全国女性シェルターネット・

二〇〇〇年東京フォーラムに出席を約束しました。あのつらかった性暴力被害の関連者として、和子さんの役に立ちたいと思ったの。その後遺症はまだわたしから消え去ってはいませんから。それより何よりも今の社会に、そして関連濃いアジアに性暴力は根深いからです。

その和子さんたちが女性と子どもに対する暴力の根絶をめざして、弁護士、精神科医、助産婦、産婦人科医、セラピスト、カウンセラー、学生等々の女性たちと精力的に活動している姿の一端に東京フォーラムでふれました。心から嬉しくありがたくて。関東の病院で看護婦長をしている恵子ちゃんもかつての若い日の旅先で、和子さんと会っているかもしれません。今は三人の子の母親となって看護婦の仕事のかたわら、連れ合いとそれぞれ「いのちの電話」ともかかわりを持っています。夢のようです。自分とたたかいながら大勢のいのちの声を聴いてきた現役の女性たち。その若い世代。

ね、幸子さん、お互い生きてきてよかったね。いつもありがとね。遠くからだまってわたしを支えてくれて。若い日から。今も。

ところで、これを書きつつ夕方となり、息子夫妻の夕食の下ごしらえも共に、と台所に立っていた時、ＦＡＸが入った。原稿の連絡かな、と台所仕事のあと、数葉の紙片に接した。恵子ちゃんからだった。ドキリとした。そのまま返事も送れずに夜となった。活動の現状が次の段階へと入っていたの。恵子ちゃんなんて呼べない日々だと知っている彼女です。

その通信の中にたのしい言葉がありました。かつてわたしもおたずねした、奈良のとあるホームの作業場でにぎやかに手伝いながら、人のために働いているのではなく自分がしたいからやってるの、という姿勢の女たち男たちに満ちている日のこと。「ぼくらはご利益のない関係」だとその中の一人が語ったこと。

そうですとも。互いに旅のさなか。いのちの母国を探しつつ生きている。愛の中に。出会いの中に。そしてまた、たのしい男と遊びたいとの願いの中に。遊びたいとは男と寝たいと言うこととは別世界。からだの声を聴くことはたやすくはない。それは寝ることも寝ないことをも貫いてひびきあう、連続するいのちの世界です。

幸子さん、嬉しいなあ。個々に形はちがうけど、さまざまな場からそれぞれの姿で、しっかりと自分とは異質な他者を受けとめる力を育てながら、共にたのしく生きていく同時代人がふえてきています。

さあわたしよ、明日への眠りに助けられ、そして目が覚めたら、生まれたばかりのちいさなわたしと出会えますように。老化するからだの中に、生まれるわたし。ずーっと、そのわたしと出会いながら、幸子さん、お互いたのしみましょう、いのちの自然を。眠りつづけるまで。

会いに行かせてね

幸子さん、狭い庭のどこかでしきりにキジバトの声がします。年の瀬も迫って縁先のカエデが二本ともすっかり葉を散らし、庭隅の侘助の白い花がよく見えます。すばらしく丈が伸びているの。ちいさな木でしたのに。その花をつついてメジロが飛び交う。サザンカの花にも。ヒヨドリが鋭く鳴いてメジロを追います。キジバトはいつもの年ならこのちいさな庭を二羽揃って歩くのは、春先でした。この鳥も棲み家を失ったのかなあ、と思ったりします。

そういえばいつの初夏でしたか、数日間の旅から戻って縁側の雨戸を繰ると、硝子戸にふれんばかりに葉を茂らせたカエデの茂みから、けたたましい声をあげて飛び立った小鳥がいたの。びっくりして葉群の中をのぞくと巣があった。白いちいさな卵が二、三個。

ごめんなさい、何もしないのよどうぞとすぐに引っこんだけれど、屋根のあたりでしばらく鳴き交わして、とうとう鳴きつつ消えた。数日、心して待っていたけれど戻ってこなかった。今朝あの鳥を思い出したのに、なぜか鳥の名も姿も思い出せないの。

そしてね、原稿に向かっていた両眼がいやに疲れてしぱしぱと見えにくくなったので一休みをと、回覧板を隣りまで持って行った。その戻りに少し近くを歩きましょうと思って。緑内障の視野検査に行って注意されていたから。そして門口を出た時に、家の前の車道を自転車で通学する中学生を見たの。東の方の下り坂へ向かって一人で行く。渋いグリーンと茶のチェックの制服のズボンに朝陽が射していた。通学用のコートと白いヘルメット。黒い自転車を踏みながらだんまりした表情で登校する。親の背をはるかに越したその姿。

おやまあ、中学生となったあなたの登校姿と初めてわたしの家のまん前で会ったのね、とわたしはにこにこして手を振ったの。少年がこちらに気がついて、そして手を振ってくれた。上の孫。わたしは晴ればれした気になって隣りのベルを鳴らし、そのままわたしと似通う年代の夫妻のしんとした玄関のドアのはしに回覧板を立てかけて、門扉をとざして歩き出す。

そしてね、幸子さん、あれ、と気がついた。さっきの登校姿はわが孫ではなかったよ。あの少年、驚いたでしょうに、手を振り返してくれた。そう、やっと気がついた。そしてわが孫どのはもっとでっかくなっていたなあと、二、三日前に下の孫ともども来てくれた真昼のことがよみがえった。

幸子さん、わたしは今朝忘れていたの。ゆうべは午前四時頃にとろりと寝床で眠り、五時半頃にはのそのそと机がわりの掘りゴタツの、急ぎの原稿へ。そして朝毎のわが挨拶、「今日のわたし、おはよう」を忘れてきのうつづきの時間の中。

しみじみと老いのからだの自然さを思っています。そして、自然を生きるからだが朝毎に伝えてくれる、あのちいさな、そのからだから生まれた今朝のわたし。その新しいいのちへ、しっかりと挨拶をして向きあうべし、と。

幸子さん、あなたはこんなうっかりなどとは無縁だと思います。お宅へ寄せていただいて痛感した。骨折をしながらでも、いつもその日の自分と出会っているもの。

今日はね、二人の孫がそれぞれ午前中で下校の日なの。腹ペコで帰ってくるの。で、それまでに書き上げようと、急いでいたの。孫たちの母はぬきさしならぬお勉強の日です。彼女にはいつもお世話になっていますからね。今日は暇ですよ、ぼくたちもまっすぐここへどうぞ。あなたも久しぶりに一緒にお昼を食べようよ、と、昔のわが娘、今は一家のおっかさんの女へ声をかけていたの。そして、つい、昔のわたしの延長線上で、うつらうつらの短時間を眠ってそのまま書き出した。

なんたること。挨拶は人生のけじめなのに。親しき者にも礼儀ありと、昔の娘や息子夫妻とも接しながら。自分への大切な挨拶が欠けていた。その朝のこのテイタラク。

自分を知りなさい。自分のからだに静かに心を澄ませてごらん。もう一度言います。老いてなお、今朝のわたしが生まれているよ。いえいえ老いつつ生きてこそ、出会うわたしです。その日の朝の新しいいのち。生まれたばかりの新しいいのち。おはよう今朝のわたし、と挨拶をして、今朝のわたしと共に可能なかぎりの魂を燃やしましょう。

そう自分へ言い聞かす。

そしてしばらく年の瀬の風の中を歩きました。

幸子さん、今年もたいそうお世話になりました。何よりも世紀末のせわしい折に、あなたのお仲間たちに、わたしの心の旅の訪韓ビデオをみていただいて新しい出会いを作ってくださったことに感謝します。

フォーラム・Eのみなさんばかりではなく、あなたのお友達の日韓ご夫妻。姜在彦（カンジェオン）、竹中恵美子ご夫妻のことはあなたからしばしば身近かな友人として聞いてきました。わたしはご夫妻にお会いしたことはありませんが、姜在彦氏には『季刊三千里』『季刊青丘』の編集委員の歴任当時お世話になり、青丘社へも立ち寄らせていただいたことがあります。この度姜在彦氏の『朝鮮近代の風雲史』（青丘文化叢書6、青丘文化社、二〇〇〇年）をあなたを介して拝受して、心の荷がおりた思いがしました。尊敬する朝鮮近代史・思想史家のこの著者には、金任順（キムイムスン）さんをはじめ、わたしの家庭が親しく隣りあっておつきあいいただいた金玉均（キムオクキュン）のご一族などの言語を絶した朝鮮近代化の過程が記され、わたしにあらたな思いを抱かせてくださいます。そして解放後の民族分断と在日の方々の、身を切られるような歳月と、姜氏の個体にひびく民族性への問いとその実現へのたたかい。わたしにはこれまでの同氏のご活動をとおして感じとらせていただいていたことを、幸子さん、あなたのおかげで、こんなに身近かに苦しみと喜びを重ねながら接することができます。

そして彼らご夫妻にわたしの世紀末の心の旅、韓国ロケのあと地元のテレビ局が放映してくださった『詩人森崎和江・こころの旅――こだまひびく山河の中へ』のビデオを見ていただくことができました。ありがとう。あれを見ていただきたかったのは、これまでのご労作をとおして、同時代を生きてきたわたしの贖罪の思いと明日の世代への夢がどこか具体的に、同夫妻の生き方と重なって感じられ出したからでした。大学でそれぞれ若い方方と接していらっしゃるご夫妻と立場はちがいますが。幸子さん、あなたのお友達方にはまっすぐに風の小道はかよう、と。わたしがあのロケで今の韓国をソウルから巨済島（コジェ）まで一緒に歩いた蔡京希（チェギョンヒ）さんのことをそっと心で支えてください、と思う心も。そして彼女の日本語通訳科での、女子学生たちの、あの率直で明朗な自己表現の根っこを。

　幸子さん、姜在彦さん竹中恵美子さんへのお礼を折があれば伝えてね。蔡京希さんとは彼女が九州大学へ留学中に学校で会ったの。いい笑顔の、もの静かな娘さん。「高校はどこでしたの」と思わずたずねた。にこにこしたその表情で「キムチョン（金泉）です」と。ああ……。「あの時、先生が泣かれました」とのちに聞いたけど記憶にない。以来、わたしは彼女の日本のお母さん役なの。彼女の母上や兄さん家族にも何度かお会いしました。

わたしの生誕と重なるわが魂の負の遺産。それを彼女は韓国での新家庭で、子育てで、そして女子学生を連れての幅ひろい日本の諸方の学生たちとの交流で、あのように……。彼女は個人としても、「からゆきさん」のことを書きとめたわたしの古い小著を読みこみ、翻訳しながら、両性にとって性とはと、アジアの現状の中の女や子どものことへ視線を注いでいます。彼女の学生たちの童話研究会のメンバーと。メンバーの一人ひとりが日本語を学びはじめて二年足らずで、美しい発音でわたしに鋭い質問をしてくれました。

「森崎さん、あなたは詩人でしょう、詩想はどのようなものでしょうか」等々。彼女たちとさよならをする時、思わず「すてきな恋人をみつけてね」と手を振った。「ハーイ」とにこにこして木立の丘を若々しい十数人が降りて行ったの。

二十世紀が終ります。幸子さんありがとう。貝じゃくし以来、今日までのおこころざし。あなたのあの若い日が浮かぶ。蔡京希さんよりもまだ若い頃の。わたしに日本の女性たちが置かれつづけてきた「しゃもじ権」という、「家」守護の伝統に気付かせてくれました。その中に閉ざされてきた歴代の嫁姑。その中でいのちを絶った膨大な女たち。そしてその外で売買されつづけた女の肉体。敗戦後の新生日本でも連綿とつづいています。

幸子さん、たのしい男と遊びたい。

遊びたいとは、寝たいということなどではありません、とまだあと千年、女たちは職場や家庭や街頭で嘆くのかしら。まさかね。

どうぞアジアの、そして地球の女と子どもたちへ自然界がよみがえり、たのしい時空がひろがりますように。

幸子さん、歩けなくなっても会いに行かせてね。韓国の友人たちへもそうお願いしているの。

祈り

会いに行かせてね

風になって
きっとだよ
歌ってるからね
骨も

約束します

会いに行かせてね
海をこえて

指切りします

歌っていてね
泣いていても

みえなくってもよ

会いに行かせてね
歌ってるからね

ゆりかごの……

あとがき

この身辺雑記は旧友への手紙のかたちにしながら、「月刊百科」（平凡社）に一九九七年七月号から九九年六月号へかけて書いたものでした。その雑記をフリーの編集者山田祐子さんの熱意のまにまに、当時の限られた字数へ収めきれずにいた思いを書きいれて大幅に筆をすすめさせていただいたものです。フリーの編集者の現状を知らないわけではありません。迷惑をかけないかたちでと、とりかかりながら、しかし本とは、担当編集者の意識のその奥からひびくものとの共同作業です。

祐子さんとは、「全国女性シェルターネット・二〇〇〇年東京フォーラム」で、大勢の各分野の専門家の方々や、女性と子どもに対する暴力の根絶をめざしていのちの平等をと日々をつとめる若い女性たちの熱気の中で、ほんの一度お会いしたばかりでした。わたしは演壇をのぼることすら不安な老体。とても同時歩行は無理ですのに、この小著へと若さを注いでくださいました。ありがとうございました。

そして、加筆や追加の二篇を受けとめていただきました東方出版の今東成人様はじめ、お世話になりましたみなさま、心からお礼を申します。

また手紙の相手をして、根気強く応答してくれた幸子さん、そしてその活動のお仲間たち、ありがとう。大阪の女性センターではお世話になりました。幸子さんへの手紙の背後に、その仲間と重ねて少女期以来の旧友たち、二泊三日の仲間の声々がひびいてこれを書かせてくれました。最終篇での詩片は、韓国の友人そして帰国後を生きぬいた旧友のみなさんの、会う度に軽やかに、そして明かるくなるいのちの声々への祈りです。ありがとう、みなさん。たのしく二十一世紀へ夢を放ちましょう。

二〇〇〇年の終りに

森崎和江

森崎和江（もりさき　かずえ）

1927年朝鮮大邱生まれ。福岡県立女子専門学校卒。

1950年詩誌『母音』同人となり文筆へ。58年8月より61年7月まで女性交流誌『無名通信』刊行。詩集に『さわやかな欠如』（国文社）『かりうどの朝』（深夜叢書社）『森崎和江詩集』（土曜美術社）、詩集・詩劇『地球の祈り』（深夜叢書社）など。

著書に『第三の性―はるかなるエロス』（河出書房新社、河出文庫ウイメンズコレクション）『闘いとエロス』（三一書房）『からゆきさん』（朝日新聞社、朝日文庫）『遥かなる祭』（朝日新聞社、朝日文芸文庫）『慶州は母の呼び声』（筑摩書房、ちくま文庫、「こだまひびく山河の中へ」と共に収録）『買春王国の女たち―娼婦と産婦による近代史』（宝島社）『いのちを産む』（弘文堂）『いのちの素顔』（岩波書店、シリーズ生きる）『湯かげんいかが』（平凡社、平凡社ライブラリー）『いのち、響きあう』（藤原書店）『愛することは待つことよ―21世紀へのメッセージ』（藤原書店）『いのちへの手紙』（御茶の水書房、神奈川大学評論ブックレット）、その他、多数。

見知らぬわたし　老いて出会う、いのち

2001年4月14日　初版第1刷発行

著　者……森崎和江
発行者……今東成人
発行所……東方出版（株）
〒543-0052 大阪市天王寺区大道1-8-15
安田生命天王寺ビル1階
電話06-6779-9571　FAX06-6779-9573
印刷所……亜細亜印刷（株）

落丁・乱丁本はおとりかえいたします。
ISBN 4-88591-711-5